Teach Yourself®

SHORT STORIES in RUSSIAN

Read for pleasure at your level and learn Russian the fun way

OLLY RICHARDS AND ALEX RAWLINGS

Series Editor
Rebecca Moeller

First published in Great Britain in 2018 by Hodder and Stoughton.
An Hachette UK company. Copyright © Olly Richards 2018
The right of Olly Richards to be identified as the Author of the Work has been
asserted by him in accordance with the Copyright, Designs and Patents Act 1988.
Database right Hodder & Stoughton (makers)
The Teach Yourself name is a registered trademark of Hachette UK.

British Library Cataloguing in Publication Data: a catalogue record
for this title is available from the British Library.
Library of Congress Catalog Card Number: on file.

9781473683495

3

The publisher has used its best endeavours to ensure that any website addresses referred to in
this book are correct and active at the time of going to press. However, the publisher and the author
have no responsibility for the websites and can make no guarantee that a site will remain live or that
the content will remain relevant, decent or appropriate.

The publisher has made every effort to mark as such all words which it believes to be
trademarks. The publisher should also like to make it clear that the presence of a word in the book,
whether marked or unmarked, in no way affects its legal status as a trademark.

Every reasonable effort has been made by the publisher to trace the copyright holders of material in
this book. Any errors or omissions should be notified in writing to the publisher, who will endeavour
to rectify the situation for any reprints and future editions.

Cover image © Paul Thurlby
Illustrations by Oxford Designers and Illustrators / Stephen Johnson
Typeset by Integra Software Services Pvt. Ltd., Pondicherry, India

Printed and bound in Great Britain by CPI Group (UK) Ltd., Croydon, CR0 4YY.
John Murray Learning policy is to use papers that are natural, renewable and recyclable products
and made from wood grown in sustainable forests. The logging and manufacturing processes are
expected to conform to the environmental regulations of the country of origin.

Carmelite House
50 Victoria Embankment
London EC4Y 0DZ
www.hodder.co.uk

Contents

Don't forget the audio!

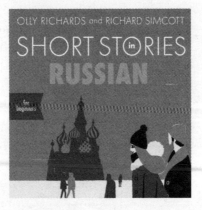

Listening to the story read aloud is a great way to improve your pronunciation and overall comprehension. So, don't forget – download it today!

The audio that accompanies this course is available to purchase from the Readers app and from readers.teachyourself.com.

Use **audio50** for 50% off any purchase.

About the Author

 Olly Richards, author of the *Teach Yourself Foreign Language Graded Readers* series, speaks eight languages and is the man behind the popular language learning blog: *I Will Teach You a Language*.

Olly started learning his first foreign language at age 19 when he bought a one-way ticket to Paris. With no exposure to languages growing up, and no special talent to speak of, Olly had to figure out how to learn a foreign language from scratch.

Fifteen years later, Olly holds a master's degree in TESOL from Aston University as well as Cambridge CELTA and Delta. He has studied several languages and become an expert in language learning techniques. He also collaborates with organizations such as The Open University and the European Commission, and is a regular speaker at international language events and in-person workshops.

Olly started the *I Will Teach You a Language* blog in 2013 to document his latest language learning experiments. His useful language learning tips have transformed the blog into one of the most popular language learning resources on the web. Olly has always advocated that reading is one of the best ways to improve your language skills and he has now applied his expertise to create the *Teach Yourself Foreign Language Graded Readers* series. He hopes that *Short Stories in Russian for Beginners* will help you in your language studies!

For more information about Olly and his blog, go to www.iwillteachyoualanguage.com.

For more information about other readers in this series, go to readers.teachyourself.com.

Introduction

Reading in a foreign language is one of the most effective ways for you to improve language skills and expand vocabulary. However, it can sometimes be difficult to find engaging reading materials at an appropriate level that will provide a feeling of achievement and a sense of progress. Most books and articles written for native speakers are too difficult for beginner language learners to understand. They often have very high-level vocabulary and may be so lengthy that you feel overwhelmed and give up. If these problems sound familiar, then this book is for you!

Short Stories in Russian for Beginners is a collection of eight unconventional and entertaining short stories that are especially designed to help high-beginner to low-intermediate level Russian learners* improve their language skills. These short stories offer something of interest for everyone and have been designed to create a supportive reading environment by including:

➤ **Rich linguistic content in different genres** to keep you entertained and expose you to a variety of word forms and some of the most common words in Russian.

* Common European Framework of Reference (CEFR) level A2-B1

➤ **Interesting illustrations** to introduce the story content and help you better understand what happens.

➤ **Shorter stories broken into chapters** to give you the satisfaction of finishing the stories and progressing quickly.

➤ **Texts written especially at your level** so they are more easily comprehended and not overwhelming.

➤ **Stressed vowels indicated in bold** to show you the correct pronunciation of written words.

➤ **Basic dictionary forms of nouns and adjectives in the vocabulary lists** so you can easily work out the correct word endings.

➤ **Special learning aids** to help support your understanding including:

  ✦ *Summaries* to give you regular overviews of plot progression.

  ✦ *Vocabulary lists* to help you understand unfamiliar words more easily. These words are underlined in the stories and translated after each chapter.

  ✦ *Comprehension questions* to test your understanding of key events and to encourage you to read in more detail.

So perhaps you are new to Russian and looking for an entertaining way to learn, or maybe you have been learning for a while and simply want to enjoy reading and expand your vocabulary, either way, this book is the biggest step forward you will take in your studies this year. *Short Stories in Russian for Beginners* will give you all the support you need, so sit back, relax, and let your imagination run wild as you are transported to a magical world of adventure, mystery and intrigue – in Russian!

How to Read Effectively

Reading is a complex skill. In our first languages, we employ a variety of micro-skills to help us read. For example, we might skim a particular passage in order to understand the general idea, or gist. Or we might scan through multiple pages of a train timetable looking for a particular time or place. While these micro-skills are second nature when reading in our first languages, when it comes to reading in a foreign language, research suggests that we often abandon most of these reading skills. In a foreign language we usually start at the beginning of a text and try to understand every single word. Inevitably, we come across unknown or difficult words and quickly get frustrated with our lack of understanding.

One of the main benefits of reading in a foreign language is that you gain exposure to large amounts of words and expressions used naturally. This kind of reading for pleasure in order to learn a language is generally known as 'extensive reading'. It is very different from reading a textbook in which dialogues or texts are meant to be read in detail with the aim of understanding every word. That kind of reading to reach specific learning aims or do tasks is referred to as 'intensive reading'. To put it another way, the intensive reading in textbooks usually helps you with grammar rules and specific vocabulary, whereas reading stories extensively helps show you natural language in use.

While you may have started your language learning journey using only textbooks, *Short Stories in Russian for Beginners* will now provide you with opportunities to learn more about natural Russian language in use. Here are a few suggestions to keep in mind when reading the stories in this book in order to learn the most from them:

> **Enjoyment and a sense of achievement when reading is vitally important.** Enjoying what you read keeps you coming back for more. The best way to enjoy reading stories and feel a sense of achievement is by reading each story from beginning to end. Consequently, reaching the end of a story is the most important thing. It is actually more important than understanding every word in it!

> **The more you read, the more you learn.** By reading longer texts for enjoyment, you will quickly build up an innate understanding of how Russian works. But remember: In order to take full advantage of the benefits of extensive reading, you have to actually read a large enough volume in the first place! Reading a couple of pages here and there may teach you a few new words, but won't be enough to make a real impact on the overall level of your Russian.

> **You must accept that you won't understand everything you read in a story.** This is probably the most important point of all! Always remember that it is completely normal that you do not understand all the words or sentences. It doesn't mean that your

language level is flawed or that you are not doing well. It means you're engaged in the process of learning. So, what should you do when you don't understand a word? Here are a few steps:

1. Look at the word and see if it is familiar in any way. Remember to look for vocabulary elements from your first language that may be familiar. Take a guess – you might surprise yourself!
2. Re-read the sentence that contains the unknown word several times. Use the context of that sentence, and the rest of the story, to try to guess what the unknown word might mean.
3. Think about whether or not the word might be a different form of a word you know. For example, you might encounter a verb that you know, but it has been conjugated in a different or unfamiliar way:

рисовать – to draw
я рисую – I am drawing/I draw
мы рисовали – we were drawing/we used to draw

You may not be familiar with the particular form used, but ask yourself: *Can I still understand the gist of what's going on?* Usually, if you have managed to recognize the main verb, that is enough. Instead of getting frustrated, simply notice how the verb is being used, and carry on reading. Recognizing different forms of words will come intuitively over time.
4. Make a note of the unknown word in a notebook and check the meaning later. You can review

these words over time to make them part of your active vocabulary. If you simply must know the meaning of an underlined word, you can look it up in the glossary list at the back of the book or use a dictionary. However, this should be your last resort.

These suggestions are designed to train you to handle reading in Russian independently and without help. The more you can develop this skill, the better you'll be able to read. Remember: Learning to be comfortable with the ambiguity you may encounter while reading a foreign language is the most powerful skill that will help you become an independent and resilient learner of Russian!

Tips for Reading in Russian

Stress Indicators

In the stories, the stressed vowels of all polysyllabic words have been indicated in bold. (In words containing an *ё*, no bold is added as *ё* is always stressed.) Remember:

- Prepositions and particles in Russian are mostly unstressed and pronounced together with the following word (e.g. обо мн**е**).
- Do not be surprised if you notice an occasional stress indicator in a preposition followed by a noun (e.g. п**о** лесу) or particle followed by a verb without a stress (e.g. н**е** было).
- It is also not uncommon that two or even three words have one stress indicator only.
- Remember that no matter how long a word is, it will have one and only stress. In Russian, there are no secondary stresses as there are in English.

Diminuatives

In Russian, formal names often have several diminutives, such as 'Sveta' for 'Svetlana' or 'Sasha/Shura' for 'Aleksandr.' In the stories, a character is usually introduced with a full or formal name. Later, in dialogs, diminutives will be used for casual conversations. One person can use a number of diminutives which help to express his or her mood, relationship to the addressee, the purpose of the speech, etc.

The Six-Step Reading Process

In order to get the most from reading *Short Stories in Russian for Beginners*, it will be best for you to follow this simple six-step reading process for each chapter of the stories:

① Look at the illustration and read the chapter title. Think about what the story might be about. Then read the chapter of the story all the way through. Your aim is simply to reach the end of the chapter. Therefore, *do not stop to look up words and do not worry if there are things you do not understand*. Simply try to follow the plot.

② When you reach the end of the chapter, read the short summary of the plot to see if you have understood what has happened. If you find this difficult, do not worry. You will improve with each chapter.

③ Go back and read the same chapter again. If you like, you can focus more on story details than before, but otherwise simply read it through one more time.

④ When you reach the end of the chapter for the second time, read the summary again and review the vocabulary list. If you are unsure about the meanings of any words in the vocabulary list, scan through the text to find them in the story and examine them in context. This will help you better understand the words.

⑤ Next, work through the comprehension questions to check your understanding of key events in the story. If you do not get them all correct, do not worry, simply answering the questions will help you better understand the story.

⑥ At this point, you should have some understanding of the main events of the chapter. If not, you may wish to re-read the chapter a few times using the vocabulary list to check unknown words and phrases until you feel confident. Once you are ready and confident that you understand what has happened – whether it's after one reading of the chapter or several – move on to the next chapter and continue enjoying the story at your own pace, just as you would any other book.

Only once you have completed a story in its entirety should you consider going back and studying the story language in more depth if you wish. Or instead of worrying about understanding everything, take time to focus on all that you *have* understood and congratulate yourself for all that you have done so far! Remember: The biggest benefits you will derive from this book will come from reading story after story through from beginning to end. If you can do that, you will be on your way to reading effectively in Russian!

Безумные Пельмени

Глава 1: Готовимся!

– Даниэль, иди сюда! – зовёт меня Джулия. Она стоит в дверях.

– Что, Джулия? – отвечаю я.

– Ты не забыл, что сегодня мы летим в Россию?

– Конечно, не забыл. Я уже собираюсь.

Меня зовут Даниэль. Мне 24 года. Джулия — моя сестра. Мы живём в Лондоне вместе с родителями. Ей 23 года. Нашего отца зовут Артур, а мать — Наташа. Она родом из Владивостока, а в Англию приехала учиться в институте, когда ей было 22 года. Там они с папой и познакомились. Сегодня мы с Джулией собираемся в поездку в Россию по программе обмена студентами. Будет очень интересно, так как я очень мало знаю о российской системе образования.

Я высокий: мой рост 1 метр 87 сантиметров. У меня достаточно длинные тёмные волосы. У меня зелёные глаза и большой рот. Я часто занимаюсь спортом и регулярно бегаю по утрам, поэтому у меня сильные ноги.

У моей сестры Джулии тоже тёмные волосы, но длиннее, чем у меня. Глаза у неё не зелёные, а карие, как у нашего папы. У меня глаза такого же цвета, как у мамы. У Джулии полные губы. Она очень красивая.

Мои родители работают. Мой отец Артур работает художником по костюмам в театре. У матери своё предприятие по продаже книг в жанре научной фантастики. Папа неплохо говорит на русском языке, и дома мы разговариваем на двух языках: на русском и на английском.

Папа смотрит на меня и видит, что я ещё не одет.

– Даниэль! Почему ты не одет?

– Я недавно встал, но мой чемодан уже готов!

– Скорее! Нам пора ехать в аэропорт, а потом мне нужно быстро идти на работу. У меня мало времени.

– Не волнуйся, папа. Я сейчас оденусь.

– Где твоя сестра?

– Она у себя в комнате.

Папа идёт в комнату сестры. Он хочет поговорить с ней. Джулия смотрит на него.

– Доброе утро, папа. Тебе что-то нужно?

– Да, Джулия. Твой брат уже одевается. Я хочу, чтобы вы взяли с собой это.
Папа показывает ей пачку рублей. Джулия очень удивляется.

– Тут много денег! Наверное, целый миллион! – говорит она.

– Не миллион! – смеётся папа. – Здесь пятьсот тысяч рублей. Мы с мамой накопили их для вас. Мы хотим оплатить часть вашей поездки в Россию.

– Спасибо, папа. Я скажу Даниэлю.

Джулия выходит из комнаты в ту минуту, когда я в неё вхожу. Мы чуть не <u>сталкиваемся</u>, так как не заметили друг друга. Отец видит меня и говорит:

– А, Даниэль! Ты здесь! И уже оделся! Эти деньги вам на поездку.

– Спасибо, папа. Они нам очень <u>пригодятся</u>.

– А теперь пора ехать в аэропорт. Поехали!

В восемь часов мы выходим из дома и едем в аэропорт на маминой машине. Джулия очень волнуется.

– Джулия, дорогая, – говорит мама, – с тобой всё в порядке?

– Я очень волнуюсь, – отвечает сестра.

– Почему?

– Я почти никого не знаю в России. Со мной будет только Даниэль.

– Не волнуйся. В Петербурге много хороших и добрых людей. Особенно друг Даниэля Аркадий.

– Да, мама. Я знаю, Аркадий очень добрый. Но я переживаю, что с нами может что-то случиться.

– Всё будет хорошо.

В аэропорту очень большая очередь. Много людей из разных частей страны регистрируются на самолёт. Большинство летит по работе, и только некоторые в <u>отпуск</u>. Я подхожу к Джулии и спрашиваю:

– Ты в порядке?

– Да, Даниэль. В машине я очень волновалась.

– Это точно. Но всё будет хорошо. Мой друг в Петербурге – хороший человек, он часто помогает английским студентам, таким как мы с тобой.

Родители обнимают нас. Пока мы идём к предполётному контролю, мы машем им на прощание рукой.

– Мы вас любим! – это последнее, что мы слышим.

Через час и двадцать пять минут самолёт взлетает. Мы летим в Петербург!

Приложение к главе 1

Краткое содержание

Даниэль и Джулия – студенты по обмену. Они живут в Лондоне. Они собираются в поездку в Россию. Они знают русский язык, потому что их мать русская и они часто говорят на русском языке с родителями. Вся семья едет в аэропорт. Сначала Джулия очень волнуется, но потом она успокаивается.

Словарь

безумный *crazy*

пельмени *Russian dumplings*

лететь (летим) (imperf.) *to fly*

познакомиться (познакомились) (perf.) *to meet*

поездка *trip*

обмен *exchange*

карий *chestnut brown*

продажа *sale*

одет *dressed*

чемодан *suitcase*

волноваться (волнуйся) (imperf.) *to worry*

одеться (оденусь) (perf.) *to get dressed*

удивляться (удивляется) (imperf.) *to be surprised*

смеяться (смеётся) (imperf.) *to laugh*

накопить (накопили) (perf.) *to save up*

сталкиваться (сталкиваемся) (imperf.) *to run into*

пригодиться (пригодятся) (perf.) *to be useful*

отпуск *vacation*

<u>обнимать</u> (обнимают) (imperf.) *to hug*
<u>махать</u> (машут) (imperf.) *to wave*
<u>предполётный</u> *pre-flight*
<u>взлетать</u> (взлетает) (imperf.) *to take off*

Вопросы к тексту

Выберите один ответ на каждый вопрос

1) Брат Даниэль и сестра Джулия живут ___.
   a. вместе в доме в Лондоне
   b. в разных домах в Лондоне
   c. вместе в доме в Петербурге
   d. в разных домах в Петербурге

2) Их родители ___.
   a. говорят на русском, но говорят со своими детьми только на английском языке
   b. часто говорят со своими детьми на русском языке
   c. не говорят на русском языке
   d. говорят только на русском и не понимают английский язык

3) Отец Артур даёт детям как подарок в дорогу ___.
   a. машину
   b. книгу в жанре научной фантастики
   c. книгу о России
   d. деньги

4) По пути в аэропорт Джулия ___.
   a. грустная
   b. весёлая
   c. волнуется
   d. плачет

5) В очереди в аэропорту ___.
   a. много молодёжи
   b. много людей, которые путешествуют по бизнесу
   c. очень мало людей
   d. много детей

Глава 2: Россия

Самолёт садится в Петербурге, и мой друг встречает нас у выхода из аэропорта. Он обнимает меня.

– Привет, Даниэль! Как я рад, что ты приехал!

– Привет, Аркадий! Я тоже очень рад тебя видеть!

Мой друг Аркадий смотрит на Джулию с интересом.

– Дорогой друг Аркадий, познакомься: это моя сестра Джулия.

Мой друг подходит к Джулии и говорит:

– Здравствуй, Джулия. Очень приятно познакомиться!

Моя сестра застенчивая, особенно когда встречает новых людей.

– Здравствуй, Аркадий.

– Твоя сестра очень застенчивая, не правда ли? – говорит мне Аркадий.

– Это точно, но она очень хороший человек.

Через несколько минут мы едем в такси к Аркадию на квартиру. Мы решили пожить у него некоторое время. Такси от аэропорта до центра Петербурга стоит около тысячи рублей. В июне месяце здесь тепло. Хотя город находится на севере России, летом здесь бывает очень хорошо.

Мы приезжаем в квартиру только к ужину. Аркадий помогает нам занести чемоданы. Мы с Джулией очень хотим есть.

– Аркадий, мы очень <u>голодные</u>. Где здесь можно <u>поесть</u>?

– У меня есть два любимых ресторана в этой части города. В одном очень хорошая национальная кухня – ресторан называется «Безумные пельмени». Туда лучше ехать на автобусе. А в другом – вкусные американские гамбургеры. Американский ресторан тут, за углом.

– Джулия, мне хотелось бы <u>попробовать</u> национальную кухню.

– Я вполне согласна, Даниэль. Давай скорее пойдём. Я очень голодна!

Мой друг Аркадий остаётся в квартире, потому что у него много работы. Он работает журналистом и пишет статьи об иностранной литературе. Аркадий также поэт и в свободное время пишет стихи. Мы <u>отправляемся</u> в <u>пельменную</u> сами.

– Гм... на каком автобусе нам лучше доехать до ресторана?

– Не знаю, Даниэль. Давай у кого-нибудь спросим.

– Смотри, вон мужчина стоит на <u>остановке</u>. Давай у него спросим.

Даниэль и Джулия подходят к мужчине.
– Здравствуйте!
– Здравствуйте, ребята! Чем могу помочь?

– Скажите, пожалуйста, как доехать до ресторана «Безумные пельмени»?

– Это просто! Вы на остановке автобуса номер 35. Этот автобус довезёт вас прямо до улицы, где находится пельменная. Хотя есть одна проблема.

– Какая проблема?

– Вечером этот автобус обычно забит людьми.

Мы с Джулией собирались доехать до ресторана на автобусе. Сестра начинает волноваться.

– Даниэль, я очень голодна. Только мне не нравится ездить в забитом людьми городском транспорте. Может, лучше пешком.

– У меня есть идея, Джулия. Я поеду на автобусе номер 35 в пельменную и закажу ужин.

– А я?

– А ты придёшь пешком, и ужин уже будет тебя ждать.

– Хорошо. Я позвоню тебе на мобильный телефон, когда я буду недалеко от ресторана.

Я сажусь в автобус. Мне очень хочется спать, и я засыпаю. Через некоторое время я открываю глаза. Автобус стоит. В нём нет никого, кроме водителя.

– Извините, – говорю я водителю. – Где мы?

– Мы приехали в Выборг.

– Как в Выборг? Нет, это невозможно!

Я нахожу свой мобильный телефон и пытаюсь позвонить сестре. Какая катастрофа! Батарея в телефоне села, кончился заряд. Он даже не включается!

Я выхожу из автобуса. Я в Выборге, в красивом историческом центре, о котором я много слышал от мамы. Выборг достаточно далеко от Петербурга! Я не могу поверить в это. Я так долго спал в автобусе, что доехал до Выборга. Что мне теперь делать?

Я хожу по улицам Выборга, ищу телефон-автомат. Я спрашиваю у женщины на улице:
– Извините, пожалуйста. Где здесь телефон?
– За углом есть международный телефон-автомат, молодой человек.
– Большое спасибо. Всего вам хорошего.
– Не за что. До свидания.

Уже девять часов вечера, а моя сестра не знает, где я. Она, наверняка, волнуется! Я захожу в телефон-автомат. Боже мой! Я не помню номер телефона Джулии. Что делать? Телефон есть, а номера нет. Очень хочется есть. Пойду найду какой-нибудь ресторан, поем, а потом подумаю.

Я захожу в ближайший ресторан. Ко мне подходит официант.
– Добрый вечер!
– Добрый вечер.
– Чего желаете?
– Чего я желаю? – я читаю меню. – У вас есть пельмени? – спрашиваю я у официанта.
– Простите? Не совсем вас понял, молодой человек.
Я начал громко смеяться, и все люди в ресторане стали смотреть на меня. Мне всё равно. Мне так хочется есть! Я показываю пальцем на фотографию в меню.

- А! Пельмени! Понял! – наконец говорит официант.

Я поел, и мне стало <u>стыдно</u>. Не надо было мне так громко смеяться, но всё равно смешно. Мы хотели пельменей, и вот я здесь – ем пельмени в Выборге, а моя сестра даже не знает, где я. Как нам сложно без современных технологий! Что теперь делать? Знаю! Я позвоню в Лондон!

Я возвращаюсь к телефону-автомату и <u>набираю</u> номер телефона мамы. Жду, жду... Наконец моя мама Наташа снимает <u>трубку</u>.

– Привет, мой <u>дорогой</u>! Как дела? Как Петербург?

– Привет, мама. У меня проблема.

– Что случилось, сынок? Что-то не так?

– Да нет, мама. Всё в порядке. Пожалуйста, позвони Джулии и скажи ей, что я в Выборге и что у меня в телефоне села батарея.

– В Выборге? Как в Выборге? Что ты там делаешь?

– Это долгая история, мама.

Уже очень поздно, и автобусы уже не ходят, поэтому я решаю найти гостиницу и вернуться в Санкт-Петербург завтра. Я <u>плачу</u> за одну ночь и захожу в свой номер. Мне не хочется ни читать, ни смотреть телевизор. Я просто <u>гашу</u> свет и засыпаю. Какой безумный день!

Приложение к главе 2

Краткое содержание

Даниэль и Джулия прилетают в Петербург. Здесь их встречает Аркадий, друг Даниэля. Они вместе едут в квартиру Аркадия. Брат и сестра спрашивают, где можно поесть, потому что они очень голодные. Они решают, что Джулия пойдёт в пельменную пешком, а Даниэль поедет на автобусе. В автобусе Даниэль засыпает, а просыпается в Выборге. У него села батарея в телефоне. Автобусы уже не ходят, и ему приходится ночевать в гостинице.

Словарь

встречать (встречает) (imperf.) *to meet*
приятный *nice, pleasant*
застенчивый *shy*
голодный *hungry*
поесть (perf.) *to have a bite*
попробовать (perf.) *to taste, to try*
отправляться (imperf.) *to set off*
пельменная *Russian dumpling restaurant*
остановка *bus stop*
забит людьми *full of people*
пешком *by foot*
заказать (закажу) (perf.) *to order*
засыпать (засыпаю) (imperf.) *to fall asleep*
водитель *driver*
кончиться (кончился) заряд (perf.) *to run out of charge*
включаться (включается) (imperf.) *to switch on*
официант *waiter*
громко *loudly*

<u>стыдно</u> *ashamed*
<u>набирать</u> (набираю) (imperf.) *to dial*
<u>трубка</u> *receiver*
<u>платить</u> (плачу) (imperf.) *to pay*
<u>гасить</u> (гашу) <u>свет</u> (imperf.) *switch off the lights*

Вопросы к тексту
Выберите один ответ на каждый вопрос

6) Аркадий — это ___.
   a. работник аэропорта
   b. друг родителей
   c. друг Джулии
   d. друг Даниэля

7) Погода в Петербурге ___.
   a. холодная
   b. тёплая
   c. туманная
   d. плохая

8) Из аэропорта друзья едут ___.
   a. в ресторан
   b. в квартиру друга Аркадия
   c. в свою новую квартиру
   d. в Выборг

9) Даниэль не может позвонить сестре, потому что ___.
   a. у него села батарея в мобильном телефоне
   b. у него нет денег
   c. он не может найти телефон-автомат
   d. он забыл свой мобильный телефон

10) Даниэль проводит ночь ___.
   a. в гостинице в Петербурге
   b. в автобусе
   c. в гостинице в Выборге
   d. в аэропорту

Глава 3: Дорога

Я встаю и принимаю <u>душ</u>. Заказываю завтрак в номер. После еды я одеваюсь, выхожу из номера и смотрю на часы в коридоре. Они показывают девять часов утра. На выходе из гостиницы я думаю, как там моя сестра Джулия. У моей сестры очень нервный характер. Я надеюсь, что она не волнуется.

Когда я выхожу из гостиницы, я вижу, как рабочие носят <u>мешки</u> к <u>грузовику</u>. На грузовике нарисован логотип с названием компании. Я начинаю громко смеяться, как в ресторане. Но потом понимаю, что это некрасиво, и <u>замолкаю</u>. На <u>кузове</u> грузовика рисунок пельменей с <u>надписью</u>: «Безумные пельмени»!

Я подхожу к одному из рабочих.
– Привет, – говорит он.
– Доброе утро, – отвечаю я.
– Тебе что-то нужно?
– Вы работаете в ресторане «Безумные пельмени» в Петербурге?
– Нет, я шофёр.
– А Вы знаете этот ресторан?
– Да, мы возим туда <u>муку</u> на <u>тесто</u> для пельменей каждый день, но я там не работаю.

Шофёр садится в кабину грузовика. Я начинаю думать. Как я вернусь в Петербург? У меня осталось **очень мало денег**, и на автобус **может** не хватить. Мне **нужно** найти решение. Мне **нужно** вернуться к Джулии и Аркадию. Они ждут меня. У меня есть идея!

– Извините, пожалуйста! – говорю я шофёру.

– Что, молодой человек?

– А Вы не могли бы отвезти меня в Петербург?

– Сейчас?

– Да.

Шофёр <u>сомневается</u>, а потом отвечает мне:

– Хорошо, можешь <u>забираться</u> в грузовик между мешками с мукой. Но никому не говори.

– Спасибо!

– <u>Не за что</u>! Поехали!

Я забираюсь в кузов грузовика и сажусь между двумя мешками с мукой. Грузовик <u>заводится</u> и направляется в Петербург. Я ничего не вижу. Только слышу мотор грузовика и шум автомобилей на дороге. Что-то движется! Среди мешков человек!

– Здравствуйте! – говорю я.

Молчание.

– Кто здесь?

Опять молчание. Но я точно знаю, что за мешками кто-то есть. Я поднимаюсь и иду на шум. За большим мешком с мукой я обнаруживаю мужика лет пятидесяти.

– Кто Вы?

– Какое тебе дело? Оставь меня в покое, парень!

– Что Вы здесь делаете?

– Я так же, как и ты, еду в Санкт-Петербург.

– А шофёр знает, что Вы здесь?

– Не знает. Я забрался в грузовик, пока он разговаривал с тобой.

Шофёр останавливает грузовик и выходит. Мужчина тревожно смотрит на меня.

– Почему он остановился?

– Не знаю.

У задней двери грузовика слышится шум.

– Пожалуйста, не выдавай меня! – просит мужчина.

Шофёр забирается в кузов и видит только меня. Мужчина сидит за мешками.

– Что случилось? – спрашивает шофёр.

– Ничего не случилось.

– А с кем ты разговаривал?

– Я? Ни с кем. Я тут один. Разве вы не видите?

– Мы ещё не приехали. Не шуми. Я не хочу проблем.

– Понял. Я буду молчать.

Шофёр закрывает заднюю дверь грузовика и возвращается за руль. В этот момент мужчина вылезает из-за мешков и смотрит на меня с улыбкой.

– Какое счастье! Он меня не увидел! – говорит он.

– Скажите, пожалуйста, зачем Вы едете из Выборга в Петербург?

– Ты хочешь знать?

– Да, конечно.

– Тогда я расскажу тебе историю моей жизни.
– Пожалуйста, расскажите.

Мужчина рассказывает мне свою историю:
– У меня есть сын, но я видел его, только когда он был ребёнком. Много лет назад его мать и я были вместе. Я был молод и хотел стать врачом. Но меня <u>призвали</u> в армию, и я стал солдатом. Всю свою жизнь я <u>выполнял</u> свой гражданский <u>долг</u>. Государство <u>посылало</u> меня в разные страны. Я провёл много лет за границей. Я воевал и стал героем. Я ношу медали на груди. Конечно, я потерял контакт с матерью своего сына. Недавно я вышел на пенсию и вернулся в Россию. Мне захотелось опять пожить в родной стране и найти сына. Вчера я получил письмо от одной социальной организации, – он протянул мне лист бумаги. – В письме мне сообщили, что мой сын живёт в Питере. А сегодня утром я проходил по улице и услышал твой разговор с шофёром. Мне очень захотелось увидеть сына как можно скорее, и я забрался в грузовик.
– В Петербурге?
– Точно.
– Сколько лет Вашему сыну?
– Ему 24 года.
– Так же, как и мне!
Мужчина смеётся.
– Как интересно!
– Да, точно.

После нескольких минут молчания я поднимаюсь, чтобы немного <u>размять ноги</u>, и спрашиваю у мужчины:

– Как зовут Вашего сына?

– Его зовут Аркадий. У него квартира в центре Петербурга.

Я смотрю на мужчину, <u>не мигая</u>. Я не могу поверить своим ушам.

Приложение к главе 3

Краткое содержание

Даниэль завтракает в гостинице. Когда он выходит из номера, он видит грузовик с логотипом ресторана «Безумные пельмени». Он просит шофёра подвезти его, потому что грузовик едет в Петербург. Шофёр соглашается. В грузовике Даниэль встречает мужчину. Он тоже едет в Петербург.

Словарь

душ *shower*

мешок *sack*

грузовик *truck*

замолкать (замолкаю) (imperf.) *to go quiet*

шуметь (imperf.) *to make noise*

кузов *bodywork*

надпись *caption, heading, slogan*

мука *flour*

тесто *dough*

сомневаться (сомневается) (imperf.) *to doubt*

забираться (imperf.) *to climb in*

Не за что! *You're welcome!*

заводиться (заводится) (imperf.) *to start (a vehicle)*

двигаться (движется) (imperf.) *to move*

молчание *silence*

тревожно *uneasily*

задний *rear*

выдавать (не выдавай!) (imperf.) *to give away*

закрывать (закрывает) (imperf.) *to close*

руль (m.) *wheel*

улыбка *smile*

<u>призва́ть</u> (призва́ли) (perf.) *to conscribe*
<u>выполня́ть</u> (выполня́л) (impert.) <u>долг</u> *to carry out duty*
<u>посыла́ть</u> (посыла́ло) (imperf.) *to send*
<u>размя́ть но́ги</u> (perf.) *to stretch (one's) legs*
<u>мига́ть</u> (не мига́я) (imperf.) *to blink (not blinking)*

Вопросы к тексту
Выберите один ответ на каждый вопрос

11) Даниэль выхо́дит из но́мера в ___.
   a. 10:15
   b. 09:00
   c. 11:00
   d. 12:15

12) Рабо́чий, с кото́рым говори́т Даниэль, ___.
   a. рабо́тает в гости́нице
   b. рабо́тает в рестора́не «Безу́мные пельме́ни»
   c. рабо́тает шофёром
   d. рабо́тает в друго́м рестора́не

13) В ку́зове грузовика́ Даниэль встреча́ет ___.
   a. молодо́го челове́ка
   b. де́вушку
   c. второ́го шофёра
   d. мужчи́ну лет пятидеся́ти

14) Этот человек находится в грузовике, потому
   что ____.
   a. он хочет работать в ресторане «Безумные
      пельмени»
   b. он хочет работать шофёром
   c. он едет к своему отцу
   d. он едет к своему сыну

15) Сына мужчины зовут ____.
   a. Даниэль
   b. Аркадий
   c. Максим
   d. Артур

Глава 4: Возвращение

Грузовик приезжает в Петербург. Шофёр глушит мотор, и мы выходим из задней двери. Мужчина прячется в толпе. Я благодарю шофёра:

– Спасибо за поездку.

– Не за что, парень. Всего хорошего!

Мы с мужчиной видим ресторан «Безумные пельмени». Мы заходим в ресторан. Там почти никого нет. Сейчас только одиннадцать, и до обеда ещё два часа.

Я спрашиваю у мужчины:

– Что будем делать?

Он отвечает:

– Мне пока не хочется есть. Пойдём со мной к моему сыну!

В письме есть адрес Аркадия. Мы молча садимся в автобус номер 35. С автобусной остановки мы идём к дому Аркадия. Мужчина не знает, что Аркадий — мой друг. Аркадий рассказывал мне об отце, но очень редко. Я знаю, что Аркадий совсем не помнит отца. Я не знаю, стоит ли говорить мужчине, что я знаю Аркадия. Лучше не говорить. Я хочу, чтобы сюрприз удался.

Мы подходим к дому и входим в подъезд. Из лифта выходит пожилая женщина и говорит нам:

– Доброе утро!

– Здравствуйте, – отвечаем мы.

Мужчина хочет спросить у женщины, где живёт Аркадий, но я говорю ему:

– Не надо!

В лифте мы поднимаемся на третий этаж. Мы выходим из лифта и идём к квартире Аркадия.

– Это здесь, – говорю я мужчине.

– Наконец-то! А откуда ты знаешь? – спрашивает он.

Я ему объясняю, что Аркадий – мой близкий друг и я знаю его уже много лет. А встретиться в грузовике нам помог счастливый случай. Это была судьба! Сначала он не может поверить. Потом он говорит, что не может дождаться встречи с сыном.

Мы звоним в дверь, но никто не открывает.

– Джулия? Аркадий? Есть кто-нибудь дома?

Никто не отвечает. Я объясняю, что мы с сестрой тоже живём в этой квартире. Я достаю ключ из кармана и открываю дверь.

Мужчина спрашивает меня:

– Где все?

– Не знаю.

Я захожу в комнату Аркадия и открываю свой рюкзак, достаю зарядное устройство для мобильного телефона. В течение 15 минут мой телефон заряжается. Наконец я могу позвонить Джулии. После трёх гудков Джулия берёт трубку.

– Даниэль! Наконец-то! Я очень волновалась!

– Привет, сестра. У меня всё хорошо.

– Я говорила с мамой вчера вечером. Она мне рассказала, что случилось. Ты где?

– Я в квартире Аркадия с одним человеком.

– С одним человеком?

– Да, это долгая история. Ты где? Где Аркадий?

– Мы с Аркадием пошли в город погулять.

– Приходите скорее в квартиру, Джулия!

– Сейчас придём.

– Мы вас ждём.

Полчаса спустя Аркадий и Джулия приходят домой.

Привет! Как я рад тебя видеть, Даниэль! – говорит Аркадий. – А это кто? – спрашивает он меня.

Прежде, чем мужчина успел ответить, я сказал:

– Аркадий, я должен сказать тебе что-то очень важное, – говорю я.

– Что случилось?

– Аркадий, это твой отец.

Аркадий очень удивляется.

– Мой отец? Это невозможно!

Мужчина спрашивает его:

– Ты Аркадий Антонович Молотов?

– Да, это я. Я не могу поверить, что Вы мой отец!

– Меня зовут Антон Петрович Молотов. Да, я твой отец.

Антон Петрович рассказывает историю своей жизни. Аркадий понимает, что перед ним действительно его отец. Аркадий обнимает отца, но как-то неловко. Наконец столько лет спустя они встретились, но это такая странная ситуация! Несколько минут спустя Аркадий предлагает с улыбкой:

– Это надо отметить!

– Обязательно! – соглашается его отец.

– Пойдём в «Безумные пельмени»! – предлагает Джулия.

Я отвечаю:

– Я не хочу пельменей! Я не хочу идти в этот ресторан! Я не хочу ехать на автобусе! Аркадий, я хочу пойти в твой любимый американский ресторан и угостить вас всех вкусными гамбургерами. Только не говорите мне больше о пельменях!

Все начинают смеяться. Я вижу их лица... и тоже начинаю смеяться.

– Какой безумный день! – говорю я.

– Да! Безумный, как те пельмени! – отвечает Аркадий.

Приложение к главе 4

Краткое содержание

Мужчина и Даниэль выходят из грузовика. Они входят в ресторан «Безумные пельмени», но здесь никого нет, потому что ещё рано. Тогда они идут в квартиру Аркадия, но никого нет дома. Джулия и Аркадий возвращаются домой, и Аркадий встречается с отцом. Они решают отметить встречу отца и сына в американском ресторане.

Словарь

глушить (глушит) мотор (imperf.) *to switch off the engine*
прятаться (прячется) (imperf.) *to hide oneself*
толпа *crowd*
благодарить (благодарю) (imperf.) *to thank*
подъезд *entrance hall, block*
пожилая женщина *elderly woman*
подниматься (поднимаемся) (imperf.) *to go up*
этаж *floor*
звонить (звоним) (imperf.) *to ring*
доставать (достаю) (imperf.) *to take out*
ключ *key*
зарядное устройство *charger*
заряжаться (заряжается) (imperf.) *something charges*
гудок *beep, signal, dial tone*
погулять (perf.) *to go for a stroll, walk*
неловко *awkwardly*
угостить (perf.) *to treat*

Вопросы к тексту

Выберите один ответ на каждый вопрос

16) Мужчина и Даниэль сначала ___.
   a. идут домой к Аркадию
   b. идут к телефону-автомату
   c. идут в ресторан «Безумные пельмени»
   d. едут в аэропорт

17) Когда они приходят в квартиру, там ___.
   a. находятся Джулия и Аркадий
   b. находится только Джулия
   c. находится только Аркадий
   d. никого нет

18) Когда Даниэль заходит в комнату Аркадия, он ___.
   a. заряжает свой телефон
   b. готовит ужин
   c. звонит Аркадию
   d. звонит своим родителям

19) Потом Даниэль звонит ___.
   a. мужчине
   b. Аркадию
   c. Джулии
   d. шофёру

20) Чтобы отпраздновать, Джулия хочет поехать ___.
   a. в ресторан «Безумные пельмени»
   b. в американский ресторан
   c. в Лондон
   d. в Выборг

Чудовище

Глава 1: Прогулка в горы

Аргамджи – это известная <u>гора</u> в Алтайском крае. Некоторые приезжают сюда на машинах семьями, просто чтобы <u>отдохнуть</u> на природе. Более активные люди занимаются бегом или ходят на <u>прогулки</u>. Всем очень нравится этот регион.

Светлана – одна из таких активных людей и очень любит проводить свободное время в горах. У Светланы важная работа на местном заводе по производству немецкой техники. Она хорошо знает немецкий язык и работает вместе с немцами. Она много работает на неделе. Но несколько часов прогулки по горам, и она совсем забывает о работе. Каждую субботу она берёт рюкзак со всем необходимым и тёплую одежду и <u>отправляется</u> к горе Аргамджи, которая находится на Алтае, в южной части Сибири.

Поскольку летом в горах Алтая очень сухо и жарко, а зимой очень дождливо и холодно, Светлана ходит в горы в мае и начале июня, когда днём тепло.

Григорий, близкий друг Светланы, тоже любит гулять по горам. Каждую субботу они встречаются в десять часов утра на парковке у подножия горы Аргамджи. Так и встретились они в прошлую субботу. Кто бы мог подумать, что эта прогулка окажется началом странного приключения!

– Света! Я здесь! – закричал Григорий. – Я вижу тебя! Уже иду!

Светлана остановилась и подождала Григория. Григорий быстро бежал к ней.

– Гриша, не беги так быстро. Ты устанешь.

– Не устану! Кстати, я взял с собой в дорогу всякие сладости для пополнения энергии.

Светлана и Григорий начали свою прогулку.

– Гриша, по какой тропинке мы пойдём? Налево или направо?

– Давай пойдём налево.

– А мне хотелось бы – направо.

– Почему, Света?

– Так мы выше поднимемся. Кстати, про эту тропинку рассказывают одну легенду. Говорят, что в этом месте можно увидеть огромное волосатое чудовище.

– И ты веришь в эти истории?

– Нет, но... всё-таки, давай пойдём по этой тропинке.

– Хорошо, Света. Твой вариант интереснее. Пойдём.

Они шагали по тропинке, которая шла через лес. В небе светило солнце.

Светлана спросила Григория:

– Ты веришь, что в этих лесах живёт страшное чудовище?

– Не верю.

– Почему?

– Потому что я никогда здесь не видел никаких чудовищ. А ты?

– Конечно, нет, – ответила Светлана.

– Видишь, мы в полной безопасности.

Светлане стало легче:

– Да, ты прав!

За несколько часов друзья уже прошли несколько километров, и тропинка привела их к реке, на берегу которой стоял дом. Дом был деревянным и казался старым.

– Смотри, Гриша! Вон там!

– Где?

– Вон там деревянный дом.

– Да, вижу. Пойдём посмотрим?

– А если там кто-нибудь есть? – спросила Светлана со страхом в голосе.

– Не бойся, Света. Никого там нет.

Друзья подошли к дому и, прежде чем войти, осмотрели всё вокруг.

Светлана сказала:

– Похоже, этот дом старый.

– Да, Света. Посмотри, какие окна, какая дверь! Всё очень старое – совсем как в музее! Ну, давай пойдём дальше.

Они подошли к берегу реки. Там они нашли маленькую лодку. Лодка была такой же старой, как дом.

– Света, давай прокатимся!

– Зачем?

– Будет весело! Причём, можно немножко отдохнуть.

– Не знаю... Река такая широкая и глубокая! Я чуть-чуть боюсь.

– Я с тобой! Всё будет в порядке!

– Ну... хорошо. Пойдём, – приняла решение Светлана.

Светлана и Григорий сели в лодку и положили в неё свои рюкзаки. Лодка была такой старой, что, казалось, она сломается. В лодке было два весла. Друзья стали грести вёслами и скоро оказались далеко от берега.

Светлана сказала Григорию:

– Как здесь хорошо, Гриша! У тебя всегда хорошие предложения!

– Правда здесь прекрасно? Солнце такое тёплое!

– Это место, словно рай!

– Света, хочешь есть или пить?

– Да, Гриша! Что у тебя есть?

Григорий вынул из своего рюкзака сладости и воду. Светлана и Григорий съели небольшое количество еды и выпили половину воды.

Там на реке было так тихо! Вдруг они услышали шум.

– Ты слышала? – спросил Григорий Светлану.

– Да, я слышала, – ответила Светлана. Её лицо стало белым от страха.

– Кажется, шум в доме.

– Мне тоже так кажется.

– Давай пойдём посмотрим.

– Нет, не хочу.

– Мы же вместе, Света! Не бойся! Разве ты не хочешь узнать, что это был за шум?!

– Ну... хорошо. Давай узнаем.

Григорий и Светлана начали быстро грести и скоро доплыли до берега. Они надели рюкзаки и пошли к старому деревянному дому.

– Света, я тебе раньше не говорил, но мне уже давно хотелось посмотреть этот дом.

– Да? Разве мы не случайно сюда пришли?

– Да, но в лесах много интересных мест, а я очень люблю их осматривать.

– Мне как-то страшно...

– Ты не одна, Света! Пошли!

Друзья прошли несколько шагов, открыли дверь дома и зашли <u>внутрь</u>. Внутри всё было <u>грязным</u> и <u>запущенным</u>. Казалось, в доме уже много лет никто не жил.

– Света, посмотри здесь у стола!

– Что это?

– Не знаю.

Светлана увидела на полу <u>следы</u> огромного размера.

– Это не человеческие следы, не правда ли, Гриша?

– Я думаю, что это следы <u>медведя</u>, – сказал Гриша.

– Какой ещё медведь? В этом районе слишком много людей. Сюда медведи не заходят.

– Ну, тогда я не знаю.

– Гриша, пойдём отсюда. Безопасность важнее <u>приключений</u>!

Вдруг друзья услышали шум на кухне и увидели огромное волосатое существо. Оно выскочило через заднюю дверь и побежало в лес. Чудовище выло и бежало очень быстро. Друзья боялись пошелохнуться, пока странное создание не убежало в лес.

– Что это было такое? – спросил Григорий.
Светлана ни слова не могла сказать.

Приложение к главе 1

Краткое содержание

Светлана и Григорий отправились на прогулку к горе Аргамджи. Они долго шли и нашли старый дом и лодку у реки. Они услышали шум на кухне в доме и увидели, как огромное существо выбегает из дома и бежит в лес.

Словарь

чудовище *monster*

гора *mountain*

отдохнуть (perf.) *to relax, to get some rest*

прогулка *walk, hike*

отправляться (отправлялась) (imperf.) *to set off*

расположенный *located*

подножие *the bottom of a mountain*

устать (устанешь/устану) (perf.) *to become tired*

сладость (f.) *sweet treat*

пополнение *refill*

тропинка *path*

волосатый *hairy*

деревянный *wooden*

осмотреть (осмотрели) (perf.) *to explore*

лодка *boat*

прокатиться (прокатимся) (perf.) *to go for a ride*

сломаться (сломается) (perf.) *to break*

весло *oar*

грести (imperf.) *to row*

вынуть (вынул) (perf.) *to take out*

шум *noise*

внутрь/внутри *inside (direction)/ inside (location)*
грязный *dirty*
запущенный *neglected*
след *footprint*
медведь (m.) *bear*
приключение *adventure*
выскочить (выскочило) (perf.) *to break through*
выть (выло) (imperf.) *howl*
пошелохнуться (perf.) *to move*

Вопросы к тексту

Выберите один ответ на каждый вопрос

1) Светлана и Григорий живут ___.
   a. в Петербурге
   b. в Алтайском крае
   c. на Кавказе
   d. в Москве

2) Они отправились на прогулку ___.
   a. в горы
   b. на пляж
   c. в небольшую деревню
   d. в город

3) Когда они шли по тропинке, они увидели ___.
   a. деревню
   b. город
   c. церковь
   d. дом

4) Когда друзья увидели лодку на воде, они ____.
   a. решили не садиться в неё
   b. решили сыграть в карты в ней
   c. поплыли в ней домой
   d. поплыли в ней по реке

5) Когда они плыли по реке, они услышали шум ____.
   a. в лодке
   b. в доме
   c. в машине
   d. в лесу

Глава 2: Поиски

– Ты видела, Света?

– Да! Что это было?

– Не знаю! Но это было огромное страшное создание.

– Что нам теперь делать, Гриша?

– Пошли за ним!

– Думаешь, мы его <u>догоним</u>?

– Конечно!

Григорий и Светлана вышли из старого деревянного дома и пошли по следам, которые оставило за собой в лесу странное чудовище.

– Здесь много деревьев, чудовище могло пойти куда-угодно, – сказал Григорий. – Нам нужно <u>разделиться.</u>

– <u>Ты с ума сошёл</u>, Гриша! Разделиться? Тут по лесу ходит неизвестное страшное чудовище!

– Я понимаю, Света. Но если нам удастся <u>заснять</u> его на видео, нас покажут в <u>новостях</u>!

– Ну и что?

– Мне хочется появиться в новостях.

– Каким же <u>глупым</u> ты бываешь иногда, Гриша. Лучше останемся вместе.

Два часа спустя Светлана и Григорий всё ещё ходили по лесу в поисках чудовища. Они не встретили ни одной живой души. Светлана больше не верила, что оно настоящее. Может быть, им только показалось, что они увидели чудовище. Однако Григорий сказал, что он вполне верит своим глазам — это было настоящее чудовище.

– Света, а может быть, это какой-то <u>редкий</u> вид <u>животного</u>, который живёт в этих лесах и никогда не показывается человеку. Обязательно надо продолжить поиски!

Уже было поздно, но друзья так и не нашли чудовище. Вдруг Григорий увидел <u>пещеру</u>. Он сказал, чтобы Светлана ждала его, пока он будет искать чудовище в пещере. Он <u>помахал</u> рукой и вошёл в пещеру.

Света подождала несколько минут, но Григорий не выходил из пещеры. Она ждала и ждала, но Григорий не возвращался. Где же он? Она посмотрела на свой мобильный телефон, но он в этом месте не работал. Она подошла к пещере, но никого там не увидела, а сама слишком боялась войти туда. Потом она подумала, что, может быть, это просто <u>шутка</u> Григория, и что он ждёт её в старом доме. Она решила вернуться туда.

Дом был пуст. Григория там не было. В доме была старая кровать и стол, на котором лежали старые газеты и журналы. Светлана села на кровать. Она слушала музыку на мобильном телефоне и даже пела песни, чтобы ей не было страшно. В конце концов, она <u>заснула</u>. Она видела очень странный сон.

На следующий день Светлана <u>проснулась</u> очень рано. Григория не было. Она начала сильно волноваться за него и решила выйти из дома и отправиться к горе. Она шла очень долго, и два часа спустя пришла в большую деревню.

Деревня была очень оживлённой. Одни шли в церковь целыми семьями, от стариков до детей, другие сидели во дворах и играли с детьми. По улицам бегали собаки. Светлана посмотрела на свой мобильный телефон, но даже в этой деревне не было мобильной связи. Она нашла местное кафе. Она вошла в него и увидела, что несколько человек пьют кофе. Она не знала, что сказать или спросить.

Она подошла к официантке и обратилась к ней:
– Здравствуйте.
– Здравствуйте! Чего желаете?
– Позвольте позвонить из вашего кафе!
– Конечно же, звоните. Вон телефон на стене.
– Спасибо.
– Что-нибудь ещё?
– Нет, спасибо большое.

Света подошла к телефону на стене и набрала номер Григория. Никто не брал трубку. Может, у него проблема с телефоном. Она подумала и решила позвонить ему домой.

Она слышала гудки в трубке: один, второй, третий... Почему никто не берёт трубку? Светлана не знала, что думать. Григорий жил с братом, художником, который работал на дому. Обычно по утрам брат Григория был дома, но не сегодня. Как странно! Она позвонила ещё раз и оставила сообщение.

Тогда Светлана вышла из кафе на улицу и села на землю под деревом. Она опять стала думать. Когда она <u>сталкивалась</u> с проблемами, Светлана всегда старалась провести глубокий анализ ситуации и найти решение. Она поднялась с земли. Она решила вернуться в кафе и <u>заказать</u> такси, чтобы поехать прямо домой к Григорию. Возможно, он ничего не нашёл в лесу и вернулся домой. Наконец-то такси приехало! По пути к дому Григория <u>водитель</u> попытался <u>завязать с ней разговор</u>:

– Как Вас зовут? – спросил водитель такси.

– Меня зовут Светлана.

– Какое красивое имя! Куда Вы едете, Светлана? Домой?

– Нет, я еду к другу.

– Хорошо Вам! А мне нужно работать целый день!

Светлана не сказала больше ничего. Водителю хотелось поговорить, но ей совершенно не хотелось разговаривать. Она просто хотела найти Григория. И хоть она не верила ни в какое страшное чудовище, она волновалась и хотела знать, где её друг.

– Мы приехали, Светлана. С Вас 450 рублей.

– Возьмите, вот Вам 500.

– Спасибо! Всего Вам хорошего!

– И Вам того же.

Светлана вышла из такси и пошла к дому Григория. Дом был большим и красивым, с садом и гаражом. Он находился в тихом районе с большими домами, магазинами и даже местным театром, где показывали отличные спектакли. Однажды Света даже выступала на сцене этого театра с любитель спектаклем. Но теперь ей было не до спектаклей. Она просто хотела найти своего друга. Чёрная машина Григория стояла перед домом. Дома ли он? Позвонил ли он своим родителям? Почему он не позвонил ей? Она посмотрела на свой мобильный телефон. Он работал, но никаких сообщений от Григория не было.

– Я ничего не понимаю. Если Григорий уехал домой на своей машине, почему он не отправил мне сообщение на мобильный телефон? – подумала Светлана и позвонила в дверь пять раз, но никто не ответил.

Тогда она пошла к своим лучшим подругам Клавдии и Веронике. Их тоже не было дома, а их мобильные телефоны не отвечали. Происходило что-то странное, но Светлана не могла понять, что именно. Все её друзья исчезли, как только появилось это страшное чудовище.

Светлана не знала, что ей делать. Она не хотела звонить в полицию. Она знала, что Григорий в безопасности, потому что его машина стояла перед домом. Её друзья исчезли – ей некого было просить о помощи. Она не верила, что это настоящее чудовище, хотя она сама его так называла. Наверное, оно просто ей показалось. Она решила действовать. Она сама найдёт Григория!

Несколько минут спустя она опять села в такси и поехала к горе. Она вышла из такси и машина быстро уехала. Какое счастье: она нашла короткую тропинку и быстро дошла до старого деревянного дома. В этот раз в доме было что-то не так. Там <u>горел</u> свет.

Приложение к главе 2

Краткое содержание

Светлана и Григорий ищут лесное чудовище. Григорий исчезает, а Светлана не знает, где он. Она думает, что это просто шутка, и возвращается в дом, но Григория там нет. Светлана засыпает на старой кровати. Когда она просыпается, Григория всё ещё нет. Она волнуется и идёт в ближайшую деревню. Она едет на такси к дому Григория. Его чёрная машина стоит там, но его нет. Она пытается связаться с подругами, но никто не отвечает, когда она им звонит. В конце концов, она решает вернуться в старый дом. Там горит свет.

Словарь

поиски *search*
догнать (догоним) (perf.) *to catch up with*
разделиться (perf.) *to split up*
с ума сойти (сошёл) (perf.) *to go mad*
заснять (perf.) *to record*
новости *news*
глупый *daft*
редкий *rare*
животное *animal*
пещера *cave*
помахать (помахал) (perf.) *to wave*
шутка *joke*
заснуть (заснула) (perf.) *to fall asleep*
проснуться (проснулась) (perf.) *to wake up*
оживлённый *lively*
волноваться (imperf.) *to worry*

официантка *waitress*
обрат<u>и</u>ться (обрат<u>и</u>лась) (perf.) *to turn to*
набр<u>а</u>ть (набрал<u>а</u>) (perf.) *to dial*
тр<u>у</u>бка *receiver*
гуд<u>о</u>к (pl. гудк<u>и</u>) *beep, signal, dial tone*
сообщ<u>е</u>ние *message*
ст<u>а</u>лкиваться (ст<u>а</u>лкивалась) (imperf.) *to be faced with*
зак<u>а</u>зать (perf.) *to order*
вод<u>и</u>тель *driver*
завяз<u>а</u>ть разгов<u>о</u>р (perf.) *to start up a conversation*
исч<u>е</u>знуть (исч<u>е</u>зли) (perf.) *to disappear, to vanish*
гор<u>е</u>ть (гор<u>е</u>л) (imperf.) *to burn, to be on (light)*

Вопросы к тексту

Выберите один ответ на каждый вопрос

6) Светл<u>а</u>на д<u>у</u>мает, что чуд<u>о</u>вище ___.

   a. это медв<u>е</u>дь
   b. ей показ<u>а</u>лось
   c. это Григ<u>о</u>рий
   d. это р<u>е</u>дкое жив<u>о</u>тное

7) Григ<u>о</u>рий встреч<u>а</u>ет на своём пут<u>и</u> ___.

   a. дерев<u>я</u>нное зд<u>а</u>ние
   b. стр<u>а</u>нное д<u>е</u>рево
   c. маш<u>и</u>ну
   d. пещ<u>е</u>ру

8) Светлана ложится спать ____.
   a. в лесу
   b. в лодке на реке
   c. на кровати в доме
   d. в деревне

9) Когда Светлана проснулась, она ____.
   a. пошла в деревню
   b. пошла к пещере
   c. позвонила родителям Григория
   d. позвонила своим родителям

10) Когда Светлана вернулась к реке, она увидела, что ____.
    a. дом сгорел
    b. в доме горит свет
    c. чудовище в доме
    d. Григорий в доме

Глава 3: Сюрприз

– Свет в доме! – сказала Светлана. – Глазам своим не верю!

Светлана пошла по тропинке и оставила свой рюкзак под деревом.

Она <u>приблизилась</u> к дому. Людей не было видно, только золотой свет. Она <u>обошла</u> дом вокруг, чтобы попытаться узнать, кто внутри. Наверное, это был Григорий.

– Есть здесь кто-нибудь? – <u>крикнула</u> она. – Это я, Света!

Никто не ответил, но в доме было шумно.

– Я уверена, что это Григорий, – подумала Светлана. – Иначе кто бы это мог быть?

– Гриша! Выходи! Это уже не смешно!

Светлана подошла к двери и открыла её. Там она обнаружила <u>нечто</u> неожиданное. В доме было много народу: её мама, её подруги Клавдия и Вероника и другие знакомые.

– Света! – закричала её мама. – Ты здесь!

– Привет, – сказала Света. – Что здесь происходит?

– Сейчас мы тебе расскажем. Садись.

Светлана села на старую кровать.

– Что случилось? – наконец спросила Светлана.

Все сели вокруг неё, их лица были <u>озабочены</u>. Никто не отвечал.

– А где папа? – спросила она у своей матери.

– Он на работе, скоро придёт.

– Я не в состоянии понять, что здесь происходит. У меня такое чувство, что у вас для меня плохие новости.

Мать Светланы встала и сказала ей:

– Мы думаем, что Григория <u>схватило</u> чудовище и унесло в лес.

– Но откуда вы знаете, что мы видели чудовище?

– Гриша отправил нам сообщение с мобильного телефона, что ему нужна помощь, а потом его мобильный телефон отключился.

Светлана ничего не понимала и спросила:

– А зачем вы все здесь?

– Мы пойдём искать Гришу.

– Сейчас?

– Да, сейчас. Ребята, у вас есть всё необходимое? Тогда пошли!

Все в доме взяли свои рюкзаки, еду и <u>фонарики</u> и отправились на поиски Григория. Они все вместе вышли из дома и разделились на группы по четыре человека.

Прежде, чем отправиться искать Григория, Светлана остановилась на берегу реки. Она <u>задумалась</u>.

– Я не понимаю. Если с Гришей что-то случилось, почему он не позвонил мне, а прислал сообщение моей матери? Он не стал бы меня так <u>пугать</u>. И почему здесь моя семья и мои друзья, а не его? Что-то здесь не так!

Когда она начала искать свою группу, она никого не увидела.

– Где моя группа? Ау-ау! Кто-нибудь меня слышит?

Светлана пошла к месту, где исчез Григорий. Она долго шла, потом зажгла свой фонарик, который она всегда носила с собой в рюкзаке.

– Где вы все? Есть кто-нибудь?

Никого не было: ни мамы, ни подруг, ни знакомых.

– Я ничего не понимаю!

Светлана вернулась в дом и села на старую кровать. Лучше ждать здесь, чем ходить по лесу одной. Она подождала немного, но никто так и не пришёл. Вдруг она услышала шум на кухне.

Она поднялась с кровати и медленно пошла к кухне. Она пыталась не шуметь. Она хотела увидеть, кто на кухне. Подруги? Мама?

Её сердце билось очень быстро. Она зажгла фонарик и увидела чудовище. Большое, страшное и волосатое.

Она закричала и выбежала из дома.

– Помогите! Помогите! На помощь!

Но никого здесь не было. Чудовище бежало быстрее Светланы. Оно догнало её. Светлана упала на землю и стала отбиваться ногами. Чудовище крепко схватило её за ноги и не отпускало.

Светлана продолжала отбиваться ногами, но вдруг чудовище отпустило её и отошло в сторону.

Оно смотрело на Светлану, которая всё ещё лежала на земле.

– Что происходит? Что случилось? – звучали голоса.

Светлана очень <u>испугалась</u>. Все, кто был раньше в доме, вышли из леса с фонариками. Но у них в руках было ещё что-то: <u>свечи</u>. И они пели какую-то очень известную песню.

В этот момент, она всё поняла.

Чудовище сняло костюм. Теперь вместо чудовища перед ней стоял её собственный отец!

– С Днём Рождения, дорогая!

– С Днём Рождения! – закричали все.

Светлана не знала, <u>смеяться</u> или <u>сердиться</u>.

– Папа, так это ты был чудовищем всё это время?

– Да, дочка. Всё время я. Мы хотели отметить твой день рождения вчера, но ты всегда ходишь в горы по субботам. И тогда у Григория появилась идея...

– Я думала, что вчера у твоей компании были технические проблемы и тебе надо было работать! – не верила своим ушам Света. – А где Гриша?

Григорий вышел из леса. Он был в полном порядке.

– Прости, Света. Это была шутка. Но мы привели тебя сюда, чтобы сделать тебе очень хороший <u>подарок</u>.

– Какой подарок? Я недеюсь, он того стоит! Может быть, это миллион долларов? – спросила Светлана и засмеялась.

– Нет, – сказал Григорий, – это что-то получше!

Все помогли Свете подняться и повели её к дому.

– Мы купили этот старый дом для тебя, – сказала мама Светланы.

– И мы вместе его отремонтируем. Конечно, тут надо будет хорошо поработать. Но когда мы закончим, это будет твоя дача, – сказал её папа.

Светлана засмеялась от радости. Всё в порядке! Слава богу! Григорий жив. Она жива. Чудовище не существует, и у неё есть своя дача!

– Спасибо, папа! Спасибо, мама! Это настоящий сюрприз! Не могу поверить, что эта дача моя. Я даже не имела понятия, что она существует. Зато у меня здесь на даче будет одно правило: чудовищам вход запрещён!

Все засмеялись, пошли в дом и всю ночь праздновали день рождения Светланы.

Приложение к главе 3

Краткое содержание

Светлана возвращается в дом у реки, чтобы искать Григория. Она видит свет в доме и входит туда. Здесь она находит маму, друзей и знакомых. Они говорят, что пришли искать Григория. Все идут в лес на поиски Григория, а Светлана остаётся одна. Она возвращается в дом. Вскоре на кухню входит чудовище. Она отбивается от чудовища, но, оказывается, что это её отец в костюме. Семья и друзья Светланы сыграли над ней шутку, чтобы сделать ей подарок на день рождения: дом у реки теперь будет её дачей.

Словарь

приблизиться (приблизилась) (perf.) *to approach*
обойти (обошла) (perf.) *to walk round*
крикнуть (крикнула) (perf.) *to shout*
нечто *something*
озабочен *concerned*
схватить (схватило) (perf.) *to grab*
фонарик *torch*
задуматься (задумалась) (perf.) *to get deep into thoughts*
зажечь (зажгла) (perf.) *to switch on, to light up*
биться (билось) (imperf.) *to beat*
догнать (догнало) (perf.) *to catch up with*
упасть (упала) (perf.) *to fall*
отбиваться (imperf.) *to struggle*
отпускать (отпускало) (imperf.) *to let go*
испугаться (испугалась) (perf.) *to get scared*
свеча *candle*

С Днём Рождения! *Happy Birthday!*
смеяться/ засмеяться (imperf./perf.) *to laugh*
сердиться (imperf.) *to be angry*
подарок *present, gift*
отремонтировать (отремонтируем) (perf.) *to repair*
вход запрещён *no way in*
праздновать (праздновали) (imperf.) *to celebrate*

Вопросы к тексту
Выберите один ответ на каждый вопрос

11) Когда Светлана вошла в дом, она увидела ____.
   a. Григория
   b. своего отца
   c. семью и друзей
   d. чудовище

12) Они решают ____.
   a. отправиться на поиски Григория
   b. позвонить Григорию по мобильному телефону
   c. ждать папу, а потом идти на поиски
   d. вернуться в деревню

13) Когда Светлана задумывается у реки, она ____.
   a. видит что-то странное в воде
   b. встречает Григория
   c. встречает чудовище
   d. остаётся одна

14) Когда Светлана возвращается в дом, ___.
   a. она слышит шум на кухне
   b. ей звонят по мобильному телефону
   c. в дом заходят Клавдия и Вероника
   d. она засыпает

15) Чудовищем был(а) ___.
   a. мать Светланы
   b. Григорий
   c. отец Светланы
   d. медведь

Рыцарь

Глава 1: Золото

Давным-давно в одном королевстве жили необычные люди и странные существа. По этому королевству бродил рыцарь, и его одежда была чёрно-белой.

Однажды этот рыцарь остановился на площади, чтобы походить по рынку. Он хотел купить что-то особенное. Рынок был большим, и там было много людей и самых разных товаров. Медленно, но решительно шёл рыцарь прямо в самый тёмный угол этого рынка. Там он нашёл торговца. У торговца на низком столе лежали разные странные товары. Рыцарь стал рассматривать эти товары.

– Здравствуй, – сказал рыцарь.

– Здравствуй, рыцарь.

– У тебя есть волшебное зелье?

– Нет, у меня нет никакого волшебного зелья.

Рыцарь посмотрел прямо в глаза торговцу и сказал:

– Я уверен, что у тебя есть именно то, что мне нужно.

– Ну... давай я посмотрю... Я здесь недолго торгую, а бывший торговец оставил такой беспорядок... всякие бутылочки... А кстати, какое волшебное зелье ты ищешь?

– Волшебное зелье, которое даёт силу.

Торговец осмотрелся и сказал тихим голосом:

– Извини. Здесь у меня его нет. Состав этого зелья совсем непростой. Одну из <u>составляющих</u> почти невозможно найти. А без этой составляющей зелье не будет работать. Я могу достать для тебя немного такого зелья, но оно будет очень дорогим.

– У меня есть золото. Сколько времени тебе нужно, чтобы достать две порции этого зелья?

– Приходи сюда сегодня вечером. Всё будет готово.

– Договорились. Вернусь сегодня вечером.

Рыцарь ходил по площади. Его внешний вид привлекал взгляды людей. Никто не знал его здесь, хотя это был очень знаменитый рыцарь. Он <u>сражался</u> с многими монстрами и страшными существами. Он <u>путешествовал</u> из королевства в королевство. Его задачей было <u>защищать</u> королей от их <u>врагов</u>.

Он подошёл ко входу в <u>замок</u>. Там его остановили два <u>стражника</u>.

– Кто ты, незнакомец? – спросил один из стражников.

– Меня зовут Ларс. Я хочу увидеть короля этого королевства.

– Ты не сможешь увидеть короля. Уходи отсюда!

Ларс положил свою сумку на землю. У него в сумке была масса странных предметов и пергаментных свитков. Рыцарь дал один старый пергамент стражнику:

– Посмотри на этот пергаментый свиток. Этот документ написал сам король, – сказал Ларс.

Охранник посмотрел на пергаментный свиток. Он казался официальным, текст был написан рукой короля.

– Хорошо, – сказал ему стражник. – Можешь проходить.

– Спасибо.

Рыцарь прошёл по каменному мосту, который вёл в замок. Замок был очень большим, с высокими стенами. Ларс дошёл до широкой двери. Там стражники пропустили его, и он вошёл в зал дворца.

Зал был очень большим и красивым. Здесь было много стражников, которые смотрели на него с недоверием. Они не знали, зачем Ларс пришёл сюда. Король Андур вошёл в зал. На нём была красная мантия и золотая корона.

– Ты Ларс? – спросил король Андур.

– Да, я Ларс, – Ларс показал королю пергаментный свиток. – Я пришёл поговорить с Вами, Ваше Величество.

– Проходи в мои палаты.

В палатах короля Ларс и король Андур сели в кресла. Ларс выпил вина, которое король предложил гостю.

– Вижу, что ты получил моё сообщение. Спасибо, что пришёл, – сказал король.

– Да, получил. Я слышал, что Вам нужна помощь.

– А что именно ты слышал?

– Я слышал, что Вам нужен кто-то, кто отвёз бы золото в королевство Вашего брата Арсурена, но Вы никому не доверяете. Я могу выполнить эту задачу, если этому будет Ваша воля.

Король подумал несколько минут, прежде чем ответить на предложение Ларса.

– А почему я должен тебе доверять, рыцарь?

– Многие люди доверяют мне. Я никого никогда не обманывал.

– Всё-таки, тут много золота.

– Я понимаю. Но мне не нужно золото. Золото не имеет никакого значения для меня.

– Почему же ты тогда сюда пришёл?

– Я ищу приключений, а не золота. Я не могу жить без приключений, это моя жизнь. Я люблю путешествовать и открывать новые места.

Король Андур опять подумал немного. Он быстро понял, что Ларс в состоянии ему помочь.

– Хорошо, Ларс. Скажи моим стражникам, что ты повезёшь золото в королевство моего брата.

– Благодарю Вас, король Андур, за доверие.

– Не благодари меня, это я должен благодарить тебя. Счастливого пути!

Рыцарь вышел из палат короля. У дверей стояли три стражника. Один из них сказал:

– Мы слышали, что ты повезёшь золото и что мы поедем с тобой.

– Да, я повезу золото в королевство брата короля.

– Я слышал, что дорога в королевство Арсурена очень опасна, – сказал один из солдат.

– Да, это правда, но у меня уже было много приключений. Я не боюсь. Я вернусь завтра рано утром. Вам надо приготовить золото. Выедем в семь часов утра.

Стражники посмотрели на него и быстро ушли.

Рыцарь вернулся на рынок. Он вновь пришёл к торговцу.

– Здравствуй. Две порции зелья уже у тебя?

– Да, вот они! Достать их было нелегко!

Торговец подал ему зелье и сказал:

– Оно стоит пять золотых монет.

Рыцарь был потрясён. Пять монет считалось огромной суммой. Однако он дал торговцу пять золотых монет.

– Спасибо! Всего тебе хорошего, – сказал торговец.

Рыцарь ни слова не сказал. Он просто ушёл.

На следующий день в семь часов утра группа из трёх стражников встретила рыцаря. Северная дорога вела прямо в королевство брата короля Андура. Лошади и золото уже ждали на дороге, готовые отправиться в путь.

Один из стражников, по имени Альфред, спросил Ларса:

– Ты готов?

– Да, всё готово. Можем начинать путешествие.

– Прежде, чем мы отправимся в путь, я хочу тебе сказать, что мы самые лучшие солдаты короля. Твоя задача защищать груз в пути. Но ты должен знать, что если ты <u>попытаешься</u> <u>украсть</u> золото, мы убьём тебя.

– Ничего себе! – сказал Ларс.

– Это простое <u>предупреждение</u>, рыцарь.

– Хорошо. Понял. Поехали!

Лошади отправились в путь. Ларс почувствовал воздух свободы. Началось ещё одно приключение!

Приложение к главе 1

Краткое содержание

Один **рыцарь** приезжает в **королевство** короля Андура. Там он покупает **волшебное зелье** и приходит в **замок**. Он предлагает королю отвезти золото в королевство его брата. Три **стражника** короля отправляются вместе с ним в дорогу.

Словарь

рыцарь (m.) *knight*
королевство *kingdom*
бродить (бродил) (imperf.) *to wander, to roam*
торговец *trader*
товар *product*
волшебный *magic*
зелье *potion*
составляющая *ingredient*
достать (perf.) *to get*
сражаться (сражался) (imperf.) *to fight*
путешествовать (путешествовал) (imperf.) *to travel*
защищать (защищал) (imperf.) *to protect*
враг *enemy*
замок *castle*
стражник *guard*
пергаментный свиток *scroll of parchment*
мост *bridge*
пропустить (perf.) *to let pass*
недоверие *suspicion*
мантия *robe*
Ваше Величество *Your Majesty*

палата *chamber*
обманывать (обманывал) (imperf.) *to betray*
приключение *adventure*
благодарить (благодарю) (imperf.) *to thank*
Счастливого пути! *Safe journey!*
опасен *dangerous*
монета *coin*
потрясён *shocked*
лощадь (f.) *horse*
отправиться (perf.) *to set off*
попытаться (попытаешься) (perf.) *to try*
украсть (perf.) *to steal*
предупреждение *warning*

Вопросы к тексту

Выберите один ответ на каждый вопрос

1)   Одежда рыцаря ___.
     a. чёрная и красная
     b. чёрная и белая
     c. чёрная и синяя
     d. белая и красная

2)   Рыцарь покупает ___.
     a. одну порцию зелья, которое даёт силу
     b. две порции зелья, которое даёт силу
     c. одну порцию любовного зелья
     d. две порции любовного зелья

3) У входа в замок Ларс ___.
   a. говорит с королём
   b. говорит с торговцем
   c. говорит с братом короля
   d. говорит со стражником

4) Король хочет, чтобы Ларс перевёз ___.
   a. оружие
   b. волшебное зелье
   c. золото
   d. лошадей

5) Рыцарь и стражники едут ___.
   a. в неизвестное королевство
   b. в королевство брата короля Андура
   d. в королевство короля Андура
   c. на площадь

Глава 2: Путешествие

Рыцарь продолжил путь с тремя стражниками, которые сопровождали груз с золотом.

Альфред, один из стражников, сказал:

– Рыцарь, ты знаешь эту дорогу?

– Да, Альфред. Это опасная дорога. На ней много опасностей.

– Да. Ты прав. У тебя есть план?

– Мы попытаемся не вступать в бой в дороге.

– Ты умеешь сражаться, Ларс?

– Как ты уже знаешь, я знаменит своими победами. Я умею сражаться очень хорошо, и у меня большой опыт.

– Будем надеяться!

Ларс и три стражника переехали большой каменный мост. Он был похож на мост в королевстве Андура.

– Рыцарь, – сказал Альфред, – этот мост очень похож на мост возле замка нашего короля.

– Да, Альфред. Камни такие же. Вы его построили очень давно.

– Мы?

– Не вы именно, а граждане королевства короля Андура построили его много лет назад. Его построили не случайно.

За мостом начинался большой лес. В нём было много деревьев, но не видно было ни <u>птиц</u>, ни <u>животных</u>. Лес был очень тихим.

– Почему этот лес такой тихий? – спросил Альфред.

– Это <u>проклятый</u> лес. Здесь нет животных. Он так и называется Тихий лес.

– Почему? По какой причине?

– Много лет назад здесь была огромная <u>битва</u> между королями-братьями.

Альфред был молодым. Он не знал о битве. Он также не знал, что король Андур и король Арсурен не доверяли друг другу.

– Ты <u>удивлён</u>, Альфред? – спросил Ларс.

– Да, – ответил тот.

– Почему?

– Я думал, что короли-братья никогда не вели войн друг против друга.

– Как ты теперь понимаешь, была война. Правда, она была много лет назад.

Тихий лес был очень тёмным. Деревья были очень высокими, и солнца не было видно.

– Рыцарь, ты знаешь, где мы находимся? – спросил Альфред.

– Да, этот лес очень тёмный, но я знаю дорогу.

– Ты здесь уже когда-то бывал?

Рыцарь Ларс <u>улыбнулся</u> и сказал:

– Да, я раньше здесь бывал.

– Когда?

– Много лет назад.

Ларс вспомнил те годы, когда король Андур и его брат воевали. Одна из самых больших битв произошла здесь, в этом лесу. Раньше он назывался Живым лесом. После той большой битвы он стал называться Тихим лесом.

Ларс решил рассказать историю битвы Альфреду:

– Когда я был молодым, я воевал за короля Андура. Здесь произошла большая битва.

– Из-за чего началась эта война?

– Войну начал король Андур.

– А почему он захотел воевать против своего брата?

– Король Андур хотел <u>завладеть</u> одним <u>источником</u> в этом лесу.

Несколько минут они молчали. Альфред думал. Он хотел знать больше о той Великой битве. Он хотел узнать, что случилось здесь много лет назад. Он всегда думал, что Андур – <u>миролюбивый</u> король, что он ни с кем не воевал.

– Можно спросить ещё одну вещь, рыцарь?

– Да, спрашивай, <u>что угодно</u>.

– Что это за источник?

– Подожди и увидишь.

Ларс и Альфред замолчали и целый час ехали в полной <u>тишине</u>. Другие стражники разговаривали время от времени, но тихими голосами. Солнца не было видно. Были только деревья, тишина и больше ничего. Наконец, они приехали к озеру.

– Мы приехали, – сказал рыцарь.

– Что это за озеро, рыцарь?

– Много лет назад это озеро было источником.

– Это тот самый источник, о котором ты мне говорил?

– Да.

Три стражника и рыцарь подошли к озеру. Ларс заговорил:

– Много лет назад это было не озеро, а только источник. Здесь было очень мало воды, не как сейчас. И эта вода была волшебной. Каждый, кто её пил, получал волшебную силу.

– Какую волшебную силу?

– Тот, кто пил из этого источника, <u>наделялся</u> огромной силой и властью.

Альфред выпил немножко воды из озера.

– Кстати, на <u>вкус</u> она самая обычная, – сказал он.

– Конечно, – сказал Ларс, – нынешняя вода обычная. Но много лет назад она была волшебной.

Альфред спросил:

– А почему вода потеряла свою волшебную силу?

Ларс посмотрел на Альфреда и начал рассказывать историю.

– Оба короля хотели власти. Она была важнее <u>узов</u> крови. Когда они услышали о волшебном источнике, они захотели завладеть им. Они <u>понеслись</u> в лес. Когда они встретились у источника, <u>завязалась</u> битва.

– Что произошло потом? – спросил Альфред.

– Оба короля призвали своих воинов и стражников. Битва длилась дни... недели... даже месяцы. Боевой дух у них был очень сильным! Во время битвы все пили столько волшебной воды, сколько только могли. Они хотели победить. Они даже купались в этой воде и вычерпали отсюда почти всю воду. Очень мало воды осталось, а та, которая осталась, стала грязной.

Ларс посмотрел на стражников:

– Уровень воды в источнике упал. Шёл дождь – вода прибывала; но когда они попробовали эту воду, они поняли, что больше не будет волшебной воды.

Альфред сказал:

– Значит, теперь никак не найти волшебную воду.

– Нет, – сказал Ларс и улыбнулся, – немного чистой воды осталось, но её очень мало. Эта вода была у Арсурена, и он знал секрет волшебной воды. Если добавить одну каплю чистой волшебной воды к обычной воде, она станет волшебной. Это долгий процесс, но это можно сделать.

– Вот, значит, какой секрет! – сказал Альфред.

– Ну, это часть секрета, – сказал Ларс. – Ну, пора! Давайте выедем из этого леса.

Вся группа вместе с лошадьми снова отправилась в путь. Когда они выехали из леса, на небе стало видно солнце. Деревья уже не были такими высокими, и можно было видеть всё вокруг.

– Мы уже выехали из Тихого леса, – сказал Ларс.

– Где мы, рыцарь?

– Мы уже почти приехали. Нам повезло. Мы не встретили ни одного чудовища и ни одного монстра!

На лице Альфреда появился испуг.

– В этом лесу есть чудовища и монстры?

Ларс улыбнулся:

– Да, и много. Почему ты думаешь, мы ехали днём, а не ночью? Днём их мало. Большинство появляется ночью.

– Почему ты раньше нам об этом не сказал, рыцарь?

– Вы бы не захотели туда ехать!

– Может быть! Хорошо. Поехали дальше.

Группа продолжала свой путь по дороге. На горизонте они увидели город. Это было королевство брата Андура. Стражники никогда там не были.

– Это его королевство? – спросил Альфред.

– Да, это королевство Арсурена. Туда нам нужно доставить груз с золотом.

– Можно спросить ещё одну вещь, рыцарь?

– Спрашивай.

– Что это за золото? Это налог?

– Король Андур проиграл битву в Тихом лесу. С тех пор каждые пять лет он должен платить своему брату.

– Почему он должен платить золотом своему брату? Неужели они не могут заключить мир?

– Да, они заключили мир. Но у Арсурена есть то, чего нет у Андура, поэтому ему приходится покупать это.

– А что это? – спросил Альфред.

– Андур покупает волшебную воду для населения своего королевства. Воду используют для производства волшебного зелья.

Ларс показал стражникам свои бутылочки с зельем.

– Я когда-то слышал об этом волшебном зелье! Разве оно действует? – спросил Альфред.

– Да, – сказал Ларс. – Но только, если используется настоящая волшебная вода. Ну, пора продолжать наше путешествие.

Ларс и стражники продолжили свой путь в королевство Арсурена.

Приложение к главе 2

Краткое содержание

Рыцарь и стражники короля Андура начинают путешествие через лес. По дороге рыцарь Ларс рассказывает им историю. Король Андур сражался со своим братом в битве в Тихом лесу. Оба хотели завладеть волшебным источником, потому что его вода даёт силу тому, кто её пьёт. Король Арсурен победил в войне. Королю Андуру приходится платить золотом за волшебную воду.

Словарь

сопровождать (сопровождали) (imperf.) *to accompany*
груз *cargo*
вступать (imperf.) *to enter into*
сражаться (imperf.) *to fight*
построить (построили) (perf.) *to build*
птица *bird*
животное *animal*
проклятый *cursed*
битва *battle*
удивлённый *surprised*
улыбнуться (улыбнулся) (perf.) *to smile*
завладеть (perf.) *to capture, to own*
источник *spring*
миролюбивый *peaceful*
что угодно *anything*
тишина *peace and quiet*
надеяться (надеялся) (imperf.) *to hope*
вкус *taste*

<u>узы</u> *bonds*

<u>понестись</u> (perf.) *to rush*

<u>завязаться</u> (perf.) *to ensue (a battle)*

<u>воин</u> *warrior*

<u>вычерпать</u> (**вы**черпали) (perf.) *to scoop out*

<u>грязный</u> *dirty*

<u>прибывать</u> (imperf.) *to rise (water)*

<u>капля</u> *drop*

<u>повезти</u> (повезл**о**) (perf.) *to be lucky*

<u>испуг</u> *fright*

<u>продолжить</u> (прод**о**лжила) (perf.) *to continue*

<u>налог</u> *tax*

<u>платить</u> (imperf.) *to pay*

Вопросы к тексту

Выберите один ответ на каждый вопрос

6) Рыцарь Ларс ___.

   a. знает дорогу в королевство Арсурена

   b. не знает дорогу в королевство Арсурена

   c. спрашивает, как доехать до королевства Арсурена

   d. смотрит на карту, чтобы найти дорогу в королевство Арсурена

7) В группе, которая путешествует, ___.

   a. три стражника и Ларс

   b. два стражника и Ларс

   c. один стражник и Ларс

   d. один Ларс

8) В Тихом лесу ___.

    a. ничего не произошло

    b. произошла битва между двумя братьями

    c. была неизвестная война

    d. никогда не было животных

9) Источник в Тихом лесу ___.

    a. до сих пор существует

    b. никогда не существовал

    c. был волшебным

    d. огромный

10) Когда путешественники выходят из Тихого леса, они видят ___.

    a. ещё один лес

    b. море

    c. что они вернулись в королевство Андура

    d. королевство Арсурена

Глава 3: Секрет

Ларс и стражники продолжили путешествие. За ними шли лошади с золотым грузом.

Альфред спросил:

– Как мы войдём в королевство Арсурена?

– Через главные ворота! – сказал Ларс и улыбнулся.

– Так просто, – подумал Альфред.

Окружающий пейзаж казался знакомым, и Альфреду показалось, что он уже когда-то бывал в этом королевстве. По дороге рыцарь и стражники встретили много крестьян. Крестьяне жили за стенами замка. В этом королевстве сельское хозяйство процветало. На этих полях росло достаточно овощей, чтобы прокормить всё население королевства.

Один из крестьян остановился, чтобы посмотреть, как группа путешественников едет по дороге.

– Добрый день, господин! – сказал он.

– Добрый день! – ответил ему Ларс.

– Куда Вы едете, господин?

– Я еду в замок. У нас встреча с королём.

Подошла жена крестьянина.

– Кто эти люди? – спросила она своего мужа шёпотом.

Её муж не ответил, потому что не знал ответа. Поэтому он спросил Ларса:

– Кто Вы, господин? Я вижу, Вы везёте груз на лошадях.

– Мы <u>посланники</u> короля Андура, и у нас важная задача.

Крестьянин молчал несколько секунд. Затем он сказал:

– Я надеюсь, не случилось ничего страшного.

– Не <u>переживай</u>! – сказал Альфред и улыбнулся. – Всё в порядке.

– Я рад. Счастливого пути!

Группа продолжила свою поездку по полям, и Альфред спросил у Ларса:

– Мне показалось, что они были <u>напуганы</u>.

– Так оно и было.

– Почему?

– Причина их страха в секрете, о котором не знает король Андур, но знают жители этого королевства.

– Что это за секрет? Мы в опасности?

Ларс ничего не ответил.

Они продолжали путь, пока не подъехали к большому каменному мосту. Он был похож на мост в замке короля Андура. На мосту стояли стражники. Один из них подошёл к Альфреду и спросил:

– Вы посланники короля Андура?

– Да, я представляю короля Андура. Этот рыцарь защищал нас в пути, – сказал Альфред, указывая на Ларса. – Эти два стражника приехали с нами.

Стражник посмотрел на лошадей. Потом он спросил:

– Это груз, который мы ждали?

Ларс ответил:

– Так точно.

Альфред посмотрел на Ларса. Ему показалось, что он знал королевство Арсурена слишком уж хорошо.

Стражник замка Арсурена дал знак открыть ворота. Другой стражник открыл ворота. Группа вошла и оказалась прямо на центральной площади. Там было много народа: много торговцев и немало крестьян.

Они проехали через площадь, и Альфред удивился:

– Это место мне кажется знакомым.

– Эта площадь похожа на площадь в королевстве Андура, – ответил Ларс.

– Да, она почти идентична!

Альфред стал разговаривать с людьми: с торговцами, крестьянами, стражниками. Он сказал Ларсу:

– Все люди здесь очень приветливые.

– Много лет назад эти два королевства были половинками единого великого государства, поэтому они так похожи, – сказал Ларс. – Но это было до Великой битвы.

Лошади с грузом въехали в ворота замка. Замок тоже был очень похож на замок короля Андура. Стражники Арсурена увели лошадей, чтобы разгрузить золото. Ларс и Альфред пошли к королю Арсурену. Король сказал им:

– Добро пожаловать в моё королевство!

– Приветствуем Вас, Ваше Величество.

– Это ты, Ларс? Как я рад тебя видеть!

– Я тоже рад Вас видеть, Ваше Величество.

Альфред ничего не понимал. Откуда они знают друг друга?

– Ты привёз всё золото, Ларс?

– Да, оно Ваше, мой господин.

– Отлично! Можем приступать к нашему плану.

Альфред испугался. Какой ещё план?

Ларс дал королю две бутылочки зелья, которые он купил у торговца на площади в королевстве Андура.

– Что здесь происходит? – спросил Альфред.

– Я должен тебе кое-что рассказать, Альфред.

– Что происходит?

Альфред в испуге отошёл от них на несколько шагов. Как получилось так, что король и рыцарь Ларс знают друг друга? Зачем Ларс отдал королю своё зелье, ведь в королевстве Арсурена есть волшебная вода и можно сделать такое зелье?

Ларс подошёл к Альфреду:

– Альфред, – сказал он, – волшебная вода этого королевства уже давно кончилась.

– А король Андур об этом знает?

– Нет, он об этом не знает.

– Мы должны сказать ему!

Ларс смотрел на Альфреда и молчал.

Альфред начал подозревать рыцаря.

– Зачем ты отдал этому королю волшебное зелье, которое даёт силу, Ларс? Это поступок против нашего короля Андура!

– Это одни из последних порций зелья, придающего силу, последние, в которых есть волшебная вода. Больше волшебной воды не осталось, только в форме зелья. Понимаешь?

– Понимаю, – сказал Альфред.

– Если мы добавим это зелье в обычную воду, может быть, мы получим волшебную воду, – сказал Ларс. – Ну... мы надеемся, что нам повезёт...

Альфред крикнул:

– Ты меня обманул!

– Я тебя обманул … но только, чтобы сохранить мир. Вера в волшебную воду слишком сильна в королевстве Андура.

У Ларса всё-таки осталась надежда, что Альфред сможет понять, что этот обман служит благому делу.

Альфред спросил:

– Как же у королей-братьев теперь может быть мир? Никто ещё не знает о том, что волшебная вода кончилась. Но эта ситуация изменится, как только король Андур поймёт, что вы украли золото.

Ларс стал серьёзным.

– Альфред, если король Андур узнает, что волшебной воды больше нет, то мира тоже больше не будет. Король Андур пойдёт войной на Арсурена, и всё кончено.

– Итак, вы планируете сделать волшебную воду для короля Андура из этого зелья? – спросил Альфред.

– Да, наша наука не стояла на месте. У нас есть два гениальных метода. Вот почему мне надо было две порции зелья. Если нам повезёт, мы сделаем волшебную воду и сохраним мир, – сказал Ларс, а потом добавил. – Если сможем, конечно.

– Что значит «если сможем»? – сердито спросил Альфред.

– Как я уже сказал, – ответил Ларс, – чтобы изготовить новую волшебную воду, нам нужна чистая волшебная вода. А её больше не осталось. Мы попробуем сделать волшебную воду из этого зелья, так как в нём есть волшебная вода. Может быть, получится.

– Может быть?! – крикнул Альфред. – А если не получится?

На этот раз ответил король Арсурен:

– Если не получится, тогда битва в Тихом лесу может <u>повториться</u> и не раз...

Приложение к главе 3

Краткое содержание

Группа едет по дороге и встречает крестьянина, который работает в поле. Кажется, что крестьянин напуган. Ларс и охранники въезжают на площадь. Площадь королевства Арсурена похожа на площадь королевства Андура. Они говорят с королём Арсуреном. Рыцарь Ларс и Арсурен уже знают друг друга. Ларс даёт королю последние порции волшебного зелья. Открыт секрет: у Арсурена больше нет волшебной воды. Они попытаются сделать такую воду, но если не получится, то может начаться новая война.

Словарь

крестьянин *peasant*

сельский *agricultural*

процветать (процветало) (imperf.) *to flourish*

прокормить (perf.) *to feed*

шёпот *whisper*

посланник *messenger, delegate*

переживать (imperf.) *to worry, to be concerned*

напуган *scared*

удивиться (perf.) *to be surprised*

приветливый *welcoming, friendly*

разгрузить (perf.) *to unload*

Добро пожаловать! *Welcome!*

приветствовать (приветствуем) (imperf.) *to greet*

испугаться (испугался) (perf.) *to be frightened*

<u>кончиться</u> (<u>ко</u>нчилась) (perf.) *to run out*
<u>подозрева</u>ть (imperf.) *to suspect, to be suspicious about*
<u>поступок</u> *deed, act*
<u>крикнуть</u> (perf.) *to give a shout*
<u>обмануть</u> (обманул) (perf.) *to deceive*
<u>сохранить</u> (perf.) *to keep, to maintain*
<u>служить благому делу</u> (imperf.) *to be for the best*
<u>повториться</u> (perf.) *to happen again, to repeat itself*

Вопросы к тексту
Выберите один ответ на каждый вопрос

11) Первый человек, с которым группа говорит в королевстве, это ___.

   a. король
   b. стражник
   c. крестьянин
   d. крестьянка

12) Площадь королевства Арсурена ___.

   a. не похожа на площадь королевства Андура
   b. похожа на площадь короля Андура
   c. закрыта
   d. пустая

13) Ларс и король Арсурен ___.

   a. делают вид, что не знают друг друга
   b. не знают друг друга
   c. знают друг друга
   d. работают на короля Андура

14) Ларс даёт королю ___.

    a. оружие

    b. одну порцию зелья, которое даёт силы

    c. две порции зелья, которое даёт силы

    d. секретный политический договор

15) Секрет королевства Арсурена в том, что ___.

    a. в королевстве Арсурена больше нет
       волшебной воды

    b. король Арсурен не является братом короля
       Андура

    c. Ларс — это король Арсурен

    d. золото не настоящее

Часы

Глава 1: Легенда

Николай был часовщиком. Он работал по многу часов в день. У него была собственная мастерская во Владивостоке. Он чинил высококачественные часы, создавал свои собственные, работал над другими особыми заказами и так далее. Он был очень способным человеком и работал целыми днями и ночами.

Он был мужчиной средних лет. Он не был женат. Его родители жили в Украине. Он жил один в маленькой квартире в тихом районе Владивостока. Он был высоким и худым, но очень сильным.

Николаю очень нравилось гулять в парках города. Он много работал, и когда ему хотелось отдохнуть, он шёл в парк. Он выходил из своей мастерской и шагал по нескольку минут, чтобы собраться с мыслями.

Однажды вечером на одной из таких прогулок он встретил давнюю подругу. Они ходили в одну школу много лет назад и даже учились в одном классе. Её звали Татьяна.

– Коля! Как жизнь?

– Здравствуй, Таня. Что ты делаешь так поздно в парке?

– Гуляю так же, как и ты.

– Понятно.

Николай и Татьяна гуляли достаточно долго и говорили о многих вещах. Они говорили о своей работе, о семье, о проблемах в обществе и многом другом.

Татьяна спросила:

– Как твоя работа? Много заказов?

– Да, у меня интересная работа, и мой бизнес постоянно растёт.

– Какое это счастье, Коля, иметь интересную работу! Я знаю, как ты <u>усердно</u> работаешь.

Татьяна работала в ночную <u>смену</u> в порту. Она была <u>чиновником</u>, а <u>мечтала</u> стать известной писательницей и писать романы. Государственная служба считалась важной работой, но Татьяна так хотела стать настоящей писательницей.

– Коля, я очень <u>надеялась</u>, что мы когда-нибудь встретимся.

– Почему? – спросил Коля.

– Потому что я хотела попросить тебя об одной услуге. Я нашла один очень странный объект и не знаю, что мне с ним делать.

– Что ты нашла, Таня?

Татьяна показала Николаю старинные часы. Они были совсем старыми и, видимо, качественными. Николай никогда раньше не видел часов подобного типа.

– Ты знаешь, что это за часы?

– Дай посмотреть.

Николай взял часы в руки и осмотрел их.

– Не имею ни малейшего представления, – наконец сказал он.

Татьяна удивилась.

– Ты, правда, не знаешь?

– Ну, эти часы очень старые. Тебе не пора идти на работу, Таня?

– Нет, моя работа начинается только через час.

– Тогда пойдём в мою мастерскую. Эти часы точно не отечественного производства. Они иностранные. Но откуда они? У меня большой опыт, но я в жизни никогда не видел таких часов. У меня в мастерской есть целый ряд книг, которые могут нам помочь.

Они пошли в часовую мастерскую Николая. В мастерской было много часов и специальных приборов. Татьяна раньше никогда не была в часовой мастерской. Ей казалось, что она в музее.

– Вот это да! – сказала она. – У тебя тут так много интересных вещей!

– Да, у меня много работы, и я люблю свою работу.

– Это хорошо!

Николай сказал Татьяне, чтобы она следовала за ним во вторую комнату. Татьяна оставила часы на столе и пошла за Николаем. В этой комнате было много книг. Книги были очень большими и старыми. На многих из них даже не читалось название.

– Что мы здесь делаем? – спросила она.

– Мы будем искать информацию.

– Информацию о чём?

– Я хочу узнать, что это за часы. Я никогда не видел ничего подобного.

Николай и Татьяна несколько минут искали информацию в книгах. Татьяна кое-что нашла в книге о донских казаках.

– Смотри, что я нашла! – сказала она.

Николай подошёл к Татьяне.

– Что это, Таня?

– Книга о донских казаках.

Николай не понимал. Книга о донских казаках? Почему в книге о донских казаках рассказывается о часах? В этом нет никакого смысла.

Татьяна ответила:

– Эта книга о донских казаках и их сражениях с персидским флотом в Каспийском море.

– Я не понимаю. При чём здесь казаки?

– Послушай!

Татьяна продолжала читать.

– В этой книге говорится о том, что был один известный казак. Его звали Стенька Разин. У него были точно такие же часы, как те, которые я нашла. Его часы были особенными, и у них была волшебная сила.

– Какая ещё волшебная сила?

– Говорили, что эти часы позволяли ему путешествовать во времени. Это легенда.

Николай сказал:

– Это просто легенда. Часы для путешествий во времени? Не может быть!

В тот момент, когда Николай сказал последнюю фразу, из мастерской послышался <u>шум</u>.

– Что это было, Таня?

– Не знаю! Пойдём посмотрим!

Они вернулись в мастерскую. Вдруг Николай заметил, что казацкие часы <u>исчезли</u>.

– У нас <u>украли</u> часы! – сказал Николай.

– Видишь, Коля? Эти часы особенные. Они не простые.

Николай заметил, что дверь в мастерскую была открыта. Он услышал, как кто-то убегает.

– Побежали за ним!

Николай и Татьяна выбежали из мастерской и побежали в парк. В парке на земле они увидели <u>следы</u>, большие и глубокие, которые мог оставить только очень высокий крупный мужчина.

– Смотри, Коля! Вон он!

Николай побежал за человеком, который украл часы, и закричал:

– Эй, ты! Стой! Остановись сейчас же!

Мужчина продолжал бежать. Николай опять <u>закричал</u>:

– Стой! Пожалуйста, остановись!

Мужчина опять не <u>отреагировал</u>. Николай побежал ещё быстрее, и наконец ему удалось <u>толкнуть</u> мужчину, и тот <u>упал</u> на землю. Мужчина закричал:

– <u>Отпусти</u> меня! Я ничего не сделал! Это мои часы!

У мужчины был странный вид. Одежда его была старой, какой-то несовременной, как будто из другой эпохи.

Николай и Татьяна смотрели, как он встаёт с земли. Часы были у него в правой руке, и он смотрел на друзей <u>подозрительно</u>:

– Что вам от меня нужно? Почему вы на меня так смотрите?

Мужчина говорил с очень странным акцентом. Николай сказал ему:

– Ты украл у меня часы. Ты вошёл в мою мастерскую и взял их без <u>разрешения</u>.

– Нет! – сказал мужчина. – Это ты украл их у меня! Они мои!

Николай и Татьяна посмотрели друг на друга.

Татьяна спросила мужчину:

– Кто Вы?

– Я Стенька Разин. Мне нужно вернуться в XVII век.

Приложение к главе 1

Краткое содержание

Николай работает часовщиком. Однажды он встречает свою старую подругу Татьяну. Татьяна показывает ему старые часы, которые она нашла. Они идут в мастерскую Николая, чтобы узнать больше о часах. Существует легенда, что эти часы имеют волшебную силу. С ними можно путешествовать во времени. Вдруг незнакомый мужчина крадёт у них эти часы. Этот мужчина говорит, что его зовут Стенька Разин и что он донской казак. Он хочет вернуться в XVII век.

Словарь

часовщик *watchmaker*
мастерская *workshop*
чинить (чинил) (imperf.) *to repair*
заказ *order*
гулять (imperf.) *to go for a walk*
отдохнуть (perf.) *to get some rest*
усердно *diligently*
смена *shift*
чиновник *civil servant*
мечтать (imperf.) *to dream*
надеяться (imperf.) *to hope*
удивиться (удивилась) (perf.) *to get surprised*
отечественный *native, home, domestic, local*
прибор *tool, apparatus*
донской казак *Don Cossack*
сражение *fight, battle*

персидский флот *Persian Navy*
Каспийское море *Caspian Sea*
волшебный *magic*
путешествовать *to travel*
шум *noise*
исчезнуть (исчезли) (perf.) *to disappear*
украсть (украли) (perf.) *to steal*
след *footprint*
закричать (закричал) (perf.) *to give a shout*
отреагировать (отреагировал) (perf.) *to react*
толкнуть (толкнул) (perf.) *to push*
упасть (упал) (perf.) *to fall*
отпустить (отпусти) (perf.) *to let go*
подозрительно *suspiciously*
разрешение *permission*

Вопросы к тексту
Выберите один ответ на каждый вопрос

1) Николай работает ____.
   a. часовщиком
   b. рыбаком
   c. чиновником
   d. писателем

2) Чтобы отдохнуть, Николай ____.
   a. гуляет по улицам Владивостока
   b. ходит по мастерской
   c. гуляет по паркам Владивостока
   d. гуляет по порту

3) Татьяна – это его ___.
   a. мать
   b. жена
   c. дочь
   d. подруга

4) Есть легенда, что часы ___.
   a. давно потерялись
   b. сделаны из золота
   c. имеют волшебную силу
   d. видны только, если ты казак

5) Часы исчезают из мастерской Николая, потому что их ___?
   a. украла Татьяна
   b. украл странный мужчина
   c. украла собака
   d. украла странная женщина

Глава 2: Каспийское море

Николай и Татьяна посмотрели на странного мужчину. Сначала они ни слова не могли сказать. Потом Николай повторил:

– Вернуться в XVII век? Мы в каком-то историческом фильме, что ли? Или Вы действительно пришли из прошлого... и Вы настоящий донской казак... Вы Стенька Разин? – удивился Николай.

Мужчина не ответил ему. Он пытался использовать часы.

Николай подошёл к мужчине. Тот был похож на казака из прошлого, донского казака, которые сражались с персами на Каспийском море, Стеньку Разина, о котором рассказывают легенды и пишут стихи. Может, это и правда?

Мужчина посмотрел прямо в глаза Николаю и сказал:

– Да, это я.

Теперь Николай понял, что у часов действительно была волшебная сила.

– Теперь я понял... легенда говорит правду!

– Какая легенда? – спросил Стенька.

– Легенда Ваших часов.

Стенька посмотрел на Николая и Татьяну.

– Откуда вы знаете о моих часах?

Татьяна ответила:

– Мы прочитали о них в книге.

– В книге, говоришь? ХА! Так, значит, я знаменитость!

– О, да. И Вы, и Ваши часы.

Стенька походил немного и подумал. Потом он посмотрел на часы и сказал:

– Эти часы мои, но, вообще-то, не я их сделал. Я нашёл их на <u>ограбленном</u> корабле.

– На ограбленном корабле? – переспросил Николай.

– Да, – Стенька <u>засмеялся</u>. – Но я не помню, как он назывался. Никто не помнит. Но это не важно. Важно то, что я взял эти часы себе.

Тогда Николай понял, что Стенька Разин всего лишь нашёл часы. Он не знал, как они действуют, он только знал, в чём секрет их волшебных <u>свойств</u>.

Николай спросил казака:

– Степан, Вы знаете, как работают эти часы?

– Конечно, знаю! – крикнул Стенька.

– Расскажите, пожалуйста! – попросила Татьяна. – Мне интересно узнать, как они действуют.

– Ну, что касается этих часов... ну... по-правде говоря... я не знаю, как они действуют. Иногда я беру их в руки, и они меня переносят в ваше время. Несколько минут <u>спустя</u>, если они у меня в руках, я возвращаюсь в свою эпоху. А теперь идите. Пришло мне время возвращаться в XVII век.

– А что Вам нравится в нашем времени?

– Мне нравится смотреть, как изменились вещи. Уже нет донских казаков! Дома такие высокие! И у вас даже есть летающие машины!

Николай и Татьяна улыбнулись. Казак не привык к тем вещам, которые казались им обычными.

Стенька опять схватил часы и сказал:

– Вам пора уйти! Через несколько секунд я вернусь в свою эпоху.

Николай и Татьяна посмотрели друг на друга.

– Что думаешь, Таня? – тихо спросил Николай.

– Что я думаю?

– Ты хочешь попасть в XVII век на Каспийское море?

Татьяна задумалась.

– Давай, будет весело! – сказал Николай и улыбнулся.

– Ну, хорошо. Давай! – сказала она наконец.

Николай и Татьяна подошли к Стеньке Разину и сказали:

– Мы хотим отправиться с Вами.

– Абсолютно невозможно, – сказал Стенька.

– Как «невозможно»! – крикнул Николай.

– Не-воз-мож-но! – ответил Стенька.

Николай так хотел, чтобы Стенька согласился, что сказал:

– Степан, мы тоже хотим увидеть собственными глазами, как мир изменился. Вы хотели увидеть будущее, а мы хотим увидеть прошлое.

Вдруг у Стеньки Разина появилось странное выражение на лице:

– Ну, хорошо. Можете отправиться со мной. Возможно, у меня будет задание для вас. Договорились?

– Договорились! – сказали Николай и Татьяна.

– Положите руки на часы. Вы готовы? Быстро!

Все трое дотронулись до часов и вдруг перенеслись в XVII век на Каспийское море.

Ночь превратилась в день, и они оказались на казацком корабле. Им показалось, что путешествовать во времени очень легко!

Николай и Татьяна отпустили часы. Несколько казаков смотрели на них.

Один из них, с большими глазами и длинными волосами, подошёл к Стеньке Разину.

– Здравствуй, атаман! Наконец ты вернулся!

– Здравствуй, Сергей! – сказал Стенька.

– Я вижу, что у нас гости, – сказал Сергей.

Стенька Разин улыбнулся и сказал своим казакам:

– Послушайте! Позвольте представить вам…

Стенька Разин понял, что не знает имён своих новых друзей. Он спросил их:

– Как вас зовут?

– Николай и Татьяна.

– Именно! Ребята! Представляю вам Николая и Татьяну! Николай и Татьяна, это мои казаки, а этого казака зовут Сергей Кривой, или просто Сергей.

Казакам ничего не показалось странным. Они знали о волшебной силе часов и привыкли к ней. Их атаман время от времени исчезал с этими часами, а затем появлялся снова.

Стенька Разин продолжал:

– Николай и Татьяна помогут нам. Они помогут нам выиграть эту битву!

Теперь все казаки стали внимательно слушать Стеньку.

– Да! Сегодня мы победим! – крикнул Стенька Разин.

– Ура! закричали казаки.

Николай спросил у Стеньки:

– Победа? Какая победа?

– Вы нам поможете победить сражение с персидским флотом.

– Сражение? Какое сражение? – спросила Татьяна.

– Сражение с персидском флотом, – повторил Стенька.

– Как? Вы нам ничего такого не говорили! – сказал Николай.

Стенька Разин ушёл к себе. В море было множество казацких кораблей. Николай и Татьяна остались с Сергеем.

– Простите, – сказал Сергей.

– Почему Вы так говорите? – спросила Татьяна.

– Стенька просто с ума сошёл.

– Как «с ума сошёл»? – переспросил Николай.

– Потому что он думает, что вы сможете нам помочь, – сказал Сергей.

– В каком смысле «помочь»? – спросила Татьяна.

– Помочь нам победить персидский флот. Персы знают о волшебной силе часов. Они хотят <u>заполучить</u> их любой ценой. Поэтому они каждую ночь атакуют нас. Степан верит, что вы сможете нам помочь, потому что вы знаете, что случится в будущем. Вы из будущего, не правда ли? – спросил Сергей.

– Да, мы из будущего, – ответил Николай.

– В данный момент идёт сражение на море – их флот против нашего. Вы поможете нам победить их?

Николай сказал:

– Нет-нет! Мы не знаем, что произойдёт. Часы – это просто легенда в нашем времени!

Сергей <u>погрустнел</u>.

– Стенька будет в отчаянии. Он отличный атаман, но он просто <u>с ума сходит</u> из-за этих часов. Если он узнает, что вы не сможете ему помочь, вы больше не будете ему нужны, – Сергей серьёзно посмотрел на них. – Не знаю, что он тогда сделает с вами...

Николаю и Татьяне стало страшно.

– А что Вы предлагаете сделать? – спросила Татьяна.

– Вы должны украсть часы у нашего атамана. Если у него не будет часов, не будет и войны!

– Хорошо. Когда?

– Сегодня днём. Сегодня будет большое сражение. Стенька Разин <u>пошлёт</u> много кораблей в бой. Вы должны взять часы, исчезнуть с ними и никогда не возвращаться сюда.

Сергей пошёл к Стеньке. Николай и Татьяна посмотрели друг на друга.

– Я специалист по часам, а не вор! – сказал Николай. – Как я украду часы у такого могущественного казака?

– Нам нужно что-то придумать, – сказала Татьяна. – Подожди… у меня есть идея!

Приложение к главе 2

Краткое содержание

Мужчина в парке — казак Стенька Разин. Он из XVII века. У него есть волшебные часы, которые переносят его в наше время. Николай и Татьяна решают путешествовать в XVII век с помощью часов. Стенька Разин хочет, чтобы Николай и Татьяна помогли ему выиграть важное сражение. Николай, Татьяна и казак Сергей Кривой решают украсть часы у Стеньки, чтобы войны не было.

Словарь

удивиться (удивился) (perf.) *to be surprised*
сокровище *treasure*
ограбленный *robbed*
корабль (m.) *ship*
засмеяться (засмеялся) (perf.) *to burst laughing*
свойство *property*
спустя *later, after*
измениться (изменились) (perf.) *to change*
летающий *flying*
улыбнуться (улыбнулись) (perf.) *to smile*
привыкнуть (привык) (perf.) *to get used to*
схватить (схватил) (perf.) *to grip*
договориться (договорились) (perf.) *to agree*
дотронуться (дотронулись) (perf.) *to touch*
превратиться (превратилась) (perf.) *to turn into*
атаман *ataman, Cossack chief*
выиграть (perf.) *to win*
простить (простите) (perf.) *to forgive*
с ума сойти (сошёл) (perf.) *to lose one's mind*

заполучить (perf.) *to get*
послать (пошлет) (perf.) *to send*
могущественный *mighty*
придумать (perf.) *to figure out*

Вопросы к тексту
Выберите один ответ на каждый вопрос

6) Волшебная сила часов — ___.

   a. путешествовать между двумя эпохами
   b. путешествовать только в XVII век
   c. путешествовать только в XXI век
   d. говорить время

7) В этот раз Стенька путешествует во времени ___.

   a. с Николаем
   b. с Татьяной
   c. с Николаем и Татьяной
   d. один

8) Стенька хочет ___.

   a. помощи против персидского флота
   b. скрыться от персидских кораблей
   c. остаться жить с Николаем и Татьяной во Владивостоке
   d. больше не быть казаком

9) Стенька думает, что Николай и Татьяна смогут
____.

    a. вернуться с ним в XXI век
    b. сказать ему, что случится в ходе битвы
    c. поговорить с персами
    d. помочь Сергею на корабле

10) Сергей говорит Николаю и Татьяне, чтобы они
____.

    a. возвращались в свою эпоху
    b. украли часы
    c. помогли в битве против персидского флота
    d. были как можно дальше от Стеньки

Глава 3: Великая битва

Все готовились к сражению. Стенька, Сергей, Николай и Татьяна стояли <u>на борту</u> корабля Стеньки Разина. Это был очень большой корабль. На правом и на левом его бортах было огромное количество <u>пушек</u>. Сергей был <u>помощником</u> капитана, и они с Разиным всегда вместе путешествовали по морю.

Стенька Разин встал за <u>штурвал</u>. Сергей показал корабль Николаю и Татьяне:
– Нравится вам наш дом?

Татьяна любила читать, но больше всего она интересовалась исторической литературой. Она знала много о донских казаках и их кораблях.
– Ничего себе! Я на настоящем казацком корабле. С ума сойти! – сказала она.
Сергей засмеялся. У него были тёмные <u>зубы</u>:
– Мы этот корабль видим каждый день!

Сергей, Николай и Татьяна стояли недалеко от Стеньки. Корабль <u>направлялся</u> к месту битвы с персидским флотом. Дул ветер, но не было ни одного <u>облака</u>. Было видно только Каспийское море и далёкий берег. Здесь было так красиво! Вдруг Николай вспомнил, что скоро начнётся сражение с персидским флотом. Надо было каким-то образом его <u>предотвратить</u>!

Стенька Разин смотрел на море, а Сергей, Николай и Татьяна смотрели на Стеньку. Вдруг Сергей сказал:

– Ну, как вы это сделаете?

– Что именно? – спросил Николай.

– Украдёте часы! Вам надо их украсть до начала битвы.

Николай ответил ему:
– Одну минуточку. Почему Стенька хочет, чтобы Таня и я были вместе с ним на корабле? Мы же ничего не понимаем в сражениях! Я никогда не учился этому делу! И она тоже!

– Я уже вам говорил. Он сумасшедший. Часы – это его наваждение. Он думает, что каким-то образом вы ему поможете выиграть сражение.

Стенька смотрел на них сверху. Он смотрел на них, но его взгляд ни о чём не говорил.

– Ну, он не прав, – сказал Николай. – Мы не сможем ему помочь.

– Честное слово! – сказал Сергей. – Я не знаю, о чём думает Стенька.

– Почему Вы так говорите? – спросила Татьяна.

– Посмотрите на море.

Они посмотрели на море. Вода голубая, небо без облаков. Они увидели около десятка казацких кораблей.

– Видите? У нас только десять кораблей.

Татьяна не поняла, что хотел сказать Сергей.

– У нас десять кораблей. А в чём проблема?

Сергей смотрел на них и ничего не отвечал.

– А сколько кораблеи у персов? – спросила Татьяна.

– Больше, – сказал Сергей.

– На сколько?

– На тридцать кораблей.

Николай закричал:

– Целых сорок! Так много! А у нас всего десять! Вы с ума сошли!

– Именно поэтому этим сражениям надо положить конец. Даже если бы у персов было сто кораблей, Стенька бы верил, что он может победить. Вы должны украсть часы у Стеньки. Он с ума сойдёт с этими часами и не сможет победить в сражении.

– Что вы хотите, чтобы мы сделали? – спросил Николай.

– Подождите, – сказала Татьяна. – У меня есть идея.

Татьяна посмотрела на Николая и сказала:

– Ты часовщик, правда?

– Да.

– Ты должен сказать Степану, что ты сможешь помочь ему победить в сражении, но тебе для этого нужны его часы.

– И как я это сделаю?

– Скажи ему, что ты мастер и понимаешь, как часы работают. Скажи ему, что ты сможешь остановить персидский флот часами.

– Ну, что ж, попробую!

Оставалось мало времени. Персидский флот появился на горизонте. Николай подумал, а потом подошёл к Стеньке Разину. Стенька говорил со своими подчинёнными, словно они были солдатами, а он — генералом. Он рассказывал о том, как сражаться и какие планы имелись для сражения.

Стенька увидел, что Николай смотрит на него.

– Чего ты хочешь, Коля? У тебя уже есть идея, как нам выиграть битву?

– Да, да… уже есть. Идите сюда, и я Вам расскажу.

Атаман и Николай отошли на некоторое расстояние от всех. Сергей и Татьяна сделали вид, что они ничего не заметили.

– Степан, Вы знаете, что я часовщик. Мне нужно посмотреть Ваши часы.

Лицо казака переменилось.

– Зачем они тебе нужны?

– Если Вы мне дадите их посмотреть, мы сможем выиграть сражение.

– Как? – спросил Разин. Он с подозрением смотрел на Николая.

Николай не знал, что сказать. И тут он вспомнил слова Татьяны.

– Я думаю, что я знаю, как они работают, – соврал он.

– И что с этого?

– Если Вы дадите мне их посмотреть, я могу переделать их. Например, чтобы эти часы перенесли нас в другое место, далеко отсюда. Тогда нам не придётся сражаться.

Персидские корабли уже находились близко к казацким и начали стрелять из пушек. Казацкие корабли защищались и тоже стреляли из пушек. Стенька крикнул своим казакам:

– Вперёд! Продолжайте стрелять! Мы не должны проиграть!

Николай опять подумал. Ему нужны были эти часы. Пока часы у Разина, тот будет продолжать сражаться. А без них Николай не сможет вернуться во Владивосток. Ни он сам, ни Татьяна.

– Послушайте! – сказал Николай.

Пушки с персидских кораблей стреляли с ещё большей силой.

– Дайте мне посмотреть часы! Так мы сможем выиграть сражение!

Атаман посмотрел на него, но часы не дал.

Вдруг ядро пушки попало в штурвал, и Стенька упал на деревянный пол. Николай воспользовался случаем и стянул часы со Стеньки. Он бросился бежать.

Стенька заметил это.

– Держите вора!

Казаки побежали за Николаем. Николай бросил часы Татьяне. Она схватила их в воздухе. Николай бросился к ней, но вдруг они увидели, как Стенька бежит к ним.

Персидские пушки опять начали стрелять. Стенька прыгнул на Татьяну, но Сергей стал между ними и попытался <u>задержать</u> Разина. Он так хотел помочь друзьям сбежать!

Николай и Стенька одновременно попытались схватить часы. Сергей держал Татьяну за руку, чтобы защитить её. И как-то все четверо дотронулись до часов. Часы пришли в действие и перенесли их в XXI век.

Они все оказались в парке во Владивостоке, и на небе они увидели не солнце, а звёзды. Была ночь. Стенька первым понял, что случилось. Он осмотрелся, но не увидел часы.

Потом он заметил часы. Они лежали у Сергея под ногой. Он тихо подошёл, чтобы их взять... Вдруг он крикнул.

– Что ты <u>наделал</u>, Сергей? Что ты наделал!

Часы были <u>сломаны</u>.

Сергей посмотрел на парк, город и людей. Он в первый раз в своей жизни был во Владивостоке. Всё было для него новым и немножко странным.

Стенька Разин сердился:

– Что нам теперь делать? Теперь нам не вернуться назад. Что делать?

Все молчали. Тогда Татьяна сказала Стеньке:

– Пойдёмте к Коле в мастерскую. Он попытается починить часы, и тогда вы с Сергеем сможете вернуться домой. Но когда вы попадёте домой, вам надо будет их <u>уничтожить</u>. Они очень опасные!

– Я так и сделаю, – сказал Стенька.

Татьяна посмотрела на Сергея:

– Вы согласны помочь Степану уничтожить эти часы, когда вы вернётесь на корабль? Если Вы этого не сделаете, эти опасные часы могут уничтожить Вас!

– Конечно! – сказал Сергей.

– Здесь интересно, но мне хочется вернуться домой навсегда.

Наконец Татьяна посмотрела на Николая:

– Давай останемся здесь, в XXI веке. Мне кажется, что наш век безопаснее!

– Я согласен! – сказал Николай.

Они все вместе пошли в мастерскую Николая. Там их ждала важная работа.

Приложение к главе 3

Краткое содержание

Стенька Разин готовится сражаться с персидским флотом. Сергей Кривой говорит Николаю, что часы нужно как можно скорее украсть у Степана. Николай не знает, как это сделать. Персы стреляют из пушек. Начинается сражение. Николай хватает часы и убегает. Стенька пытается схватить часы. Как-то все они дотрагиваются до часов и отправляются в XXI век. Они во Владивостоке. Николай говорит, что починит часы Разина, но тот должен уничтожить часы, как только вернётся в XVII век.

Словарь

на борту *on board (a ship)*

пушка *cannon*

помощник *assistant*

за штурвал *at the helm*

зуб *tooth*

направляться (imperf.) *to set off*

облако *cloud*

предотвратить (perf.) *to prevent*

наваждение *delusion*

сверху *from above*

Честное слово! *Honestly!*

подчинённый *subordinate, crew member*

сражаться (imperf.) *fight*

расстояние *distance*

перемениться (переменилось) (perf.) *to change completely*

соврать (соврал) (perf.) *to lie, to tell a lie*

переносить (переносили) (imperf.) *to carry across*
стрелять (стреляли) (imperf.) *to fire*
проиграть (perf.) *to lose*
ядро *cannon ball*
воспользоваться случаем (perf.) *to take a chance*
стянуть (стянул) (perf.) *to pull off*
прыгнуть (прыгнул) (perf.) *to jump*
задержать (perf.) *to hold back*
сломанный *broken*
наделать (наделал) (perf.) *to do (something wrong)*
уничтожить (perf.) *to destroy*

Вопросы к тексту
Выберите один ответ на каждый вопрос

11) Казак Сергей Кривой – ___.
   a. двоюродный брат Стеньки Разина
   b. сын Стеньки
   c. помощник капитана
   d. просто один из казаков

12) Сергей говорит Николаю, что он должен ___.
   a. сразиться со Стенькой
   b. украсть часы
   c. отправиться в XVII век
   d. поехать в Москву

13) Когда Николай говорит с Разиным, тот ____.
   a. даёт ему часы
   b. не даёт ему часы
   c. крадёт часы
   d. пытается уйти

14) Во Владивосток переносятся ____.
   a. Николай и Татьяна
   b. Стенька и Николай
   c. Стенька и Сергей
   d. все четверо

15) Николай починит часы Стеньки только при одном условии: ____.
   a. он хочет вернуться на Каспийское море
   b. от хочет, чтобы Степан уничтожил часы
   c. он хочет свой собственный корабль
   d. он хочет много золота

Сундук

Глава 1: Москва

Однажды жил-был в России человек. Он был довольно старым, и звали его Артур.

Артур жил в западной части России, в исторической деревне Михновка, недалеко от Смоленска. Он раньше работал директором местной школы. У Артура не было ни жены, ни детей, а его родственники уже давно уехали из деревни. Он уже много лет жил один. Но он был добрым человеком и легко находил общий язык с людьми.

До этого времени Артур очень редко путешествовал и никогда не выезжал из Смоленской области. Недавно ему исполнилось шестьдесят лет, и он вышел на пенсию. Теперь у него появились и повод, и время для путешествий. Теперь у него была важная цель.

Артур был не очень богатым человеком, но у него было достаточно денег в банке, чтобы добиться своей цели. Для этого ему надо будет побывать в трёх городах.

Первое путешествие было в Москву. Артур всегда хотел увидеть Красную площадь и Кремль, в котором находился мавзолей Ленина! Но он сюда приехал не для этого.

Артур выглядел довольно необычно. Он был невысоким стариком с длинными седыми волосами и огромным носом. У него была длинная <u>борода</u>; и он носил странную, <u>старомодную</u> одежду. Москвичи <u>обращали</u> на него <u>внимание</u>, когда он ходил по московским улицам, и думали: «Какой странный старик!» – потому что у него был такой странный вид.

Артур пришёл в Парк Горького, центральный парк Москвы, где растёт много деревьев и цветов – там можно приятно провести день. Здесь всегда много людей: пары, семьи, студенты.

Артур подошёл к одному молодому человеку, который сидел на <u>скамейке</u> и читал журнал. Ему было лет 25. Артур сел рядом с ним:

– Добрый вечер, – сказал Артур.

– Здравствуйте… – ответил молодой человек и продолжил читать журнал.

– Как дела, Давид? – спросил Артур.

Давид <u>удивился</u>. Откуда этот странный старик знает, как его зовут? Он внимательно посмотрел на старика.

– Вы сказали «Давид»?

– Да, именно так.

– Откуда Вы знаете моё имя?

– Я не могу тебе этого сказать.

Давид был **очень умным молодым человеком**. Он получил красный диплом магистра по экономике. Потом он был на практике в Америке. Теперь он работал в Федеральной службе по финансовым рынкам. Он работал над текстом новых реформ в финансовой сфере. Это было нелёгкое дело, и он пришёл в парк, чтобы немножко <u>отдохнуть</u>.

Давид <u>отложил</u> журнал и опять посмотрел на старика. Он не имел ни малейшего представления о том, кто сидел перед ним. Он не узнал бы его даже без длинной бороды.

– Чего Вы хотите от меня? – спросил Давид. Ему стало **очень** <u>неловко</u>.

– Я не хочу тебе мешать, – сказал Артур. – Я просто хочу тебе <u>кое-что</u> показать.

– Хорошо.

Артур <u>вынул</u> из кармана фотографию. На этой фотографии был старый <u>сундук</u>, <u>покрытый пылью</u>. Он был **очень** старым, и казалось, что в нём <u>хранится</u> что-то <u>ценное</u>.

– Что это? – спросил Давид.

– А ты как думаешь, что это?

– Похоже на сундук, но я его никогда в жизни не видел.

Артур показал фотографию Давиду ещё раз и сказал:

– Посмотри внимательно! Да, это сундук, но что в нём необычного.

Давид посмотрел. На сундуке был маленький замок. На замке стояли три цифры: ноль, ноль, ноль.

Давид сказал:

– Я вижу замок.

– Да, а что ещё?

– Чтобы его открыть, нужен код из 3 цифр, – сказал Давид.

– Так и есть! – ответил Артур. – Чтобы добиться своей цели, я должен найти эти цифры.

– Какой цели? – спросил Давид. Он не понимал этого странного человека.

– Этого я не могу тебе сказать.

Давид не понимал, чего хочет от него этот старик. Как он мог сказать ему цифры, которых он не знал?

– Я думаю, что у тебя есть одна из этих цифр, – сказал Артур.

– Я не понимаю, о чём Вы говорите!

– Подумай! У тебя должна быть какая-нибудь старая вещь с цифрой.

Давид задумался. У него не было ничего с цифрой... А может быть... Он вспомнил, что у него была какая-то старая вещь, и на ней стояла одна цифра...

– Вспомнил! – крикнул Давид. Его внутреннее спокойствие сменилось возбуждением. – У меня есть кое-что, вроде этого! Подождите! Я вернусь через полчаса...

– А куда ты идёшь?

– Домой, – сказал Давид.

– Давай я пойду с тобой, – предложил Артур.

Давид <u>недоверчиво</u> посмотрел на старика. Потом он подумал: «Он старик, и он кажется мне добрым человеком». Более того, Давид хотел узнать об этой «цели». Он сказал:

– Хорошо. Пойдём вместе.

Давид и Артур вышли из Парка Горького. Они прошли по широкой улице и сели в автобус, который шёл до Тверской улицы.

Пока они шагали в толпе, Давид спросил старика:

– Как Вас зовут?

– Меня зовут Артур Иванович Петров.

– Сколько времени Вы провели в Москве, Артур Иванович?

– Три часа.

– Это недолго!

– Нет, но мне Москва уже очень нравится. Здесь люди добрые и так много интересного.

– Да, это правда.

Давид и Артур разговаривали по пути. Через десять минут они дошли до дома номер шесть, в котором находилась квартира Давида. Квартира была довольно большой. Они пошли в спальню искать эту вещь. Давид хранил многие вещи из своего прошлого: детские игры, любимые книги, коллекцию советских постеров, старые фотографии и так далее.

– Что мы здесь **ищем**? – спросил Артур.

– Я думаю, что у меня есть то, что вам **нужно**.

– Цифра?

– Да, **цифра**. Я сейчас найду. Подождите на кухне. Я скоро приду.

В течение получаса Давид занимался <u>поисками</u>. Артур вошёл в спальню, чтобы помочь ему, но тот сказал:

– Здесь, в спальне, мало места. Лучше останьтесь на кухне. Я сам найду.

Наконец через час Давид нашёл то, что искал. Он вошёл в кухню и сказал:

– Смотрите, Артур Иванович. Я нашёл!

– Что ты нашёл? Откуда ты знаешь, что я ищу именно это?

– Точно не знаю, но оно хранится у меня уже много лет.

Давид показал Артуру старый <u>платок</u>. В нём была золотая <u>цепочка</u> с <u>кулоном</u>. На кулоне был странный рисунок, а на нём была цифра.

Давид сказал Артуру:

– Я не знаю почему, но когда Вы сказали, что ищете цифру, я вспомнил о нём.

– Кто дал тебе эту цепочку?

– Я точно не знаю. Я думаю, что она у меня с тех пор, как я был мальчиком.

Артур <u>улыбнулся</u> и открыл дверь квартиры, чтобы выйти. Давид спросил его:

– Куда Вы?

– Здесь мне уже больше нечего делать. Запомни эту цифру и прочитай это письмо, – сказал Артур, дал ему письмо и ушёл.

– Подождите! А Вам не нужен кулон? – крикнул Давид. Но Артура уже не было.

Артур вернулся на главную улицу, доехал на автобусе до Павелецкого вокзала, а потом поехал на скором поезде в аэропорт Домодедово. Ему надо было лететь в Сочи.

Приложение к главе 1

Краткое содержание

Артур всю свою жизнь живёт в деревне Михновка в Смоленской области. У него важная цель. Он хранит в кармане фотографию старого сундука. На сундуке есть замок, но не хватает трёх цифр к замку. Артур думает, что у человека по имени Давид есть одна из этих цифр. Давиду надо найти вещь, на которой есть эта цифра. Давид находит цепочку, на которой есть кулон с цифрой. Артур говорит Давиду, что это то, что ему нужно. Он даёт Давиду письмо и улетает в Сочи.

Словарь

сундук *chest, box, casket*

родственник *relative*

путешествовать (imperf.) *to travel*

исполниться (исполнилось) (pert.) *to turn (particular age)*

борода *beard*

старомодный *old-fashioned*

обращать внимание (imperf.) *to pay attention*

скамейка *bench*

удивиться (удивился) (perf.) *to be surprised*

отдохнуть (perf.) *to get some rest*

отложить (отложил) (perf.) *to put aside*

неловко *awkwardly*

мешать (imperf.) *to disturb*

кое-что *something*

вынуть (вынул) (perf.) *to take out*

покрытый пылью *covered in dust*

храниться (хранится) (imperf.) *to keep*

ценный *valuable*

замо́к *lock, padlock*
ци́фра *number, digit*
споко́йствие *quietness, peace of mind*
возбужде́ние *excitement*
недове́рчиво *suspiciously*
по́иски *search*
плато́к *handkerchief*
цепо́чка *necklace*
кул́он *pendant*
улыбну́ться (улыбну́лся) (perf.) *to smile*
запо́мнить (запо́мните) (perf.) *to remember, to memorize*

Вопросы к тексту
Выберите один ответ на каждый вопрос

1) Артур – ___.
   a. молодо́й челове́к
   b. студе́нт
   c. стари́к
   d. ма́льчик

2) Артур подхо́дит к Дави́ду в пе́рвый раз ___.
   a. на Тверско́й у́лице
   b. в Па́рке Го́рького
   c. в аэропорту́
   d. на вокза́ле

3) На фотогра́фии у Арту́ра ___.
   a. сунду́к
   b. кварти́ра
   c. цепо́чка с кул́оном
   d. родна́я дере́вня

4) Давид и Артур вместе идут ____
   a. в аэропорт
   b. к такси
   c. в Сочи
   d. в квартиру Давида

5) После того, как Давид нашёл цепочку с кулоном, Артур едет ____.
   a. в Москву
   b. в Смоленск
   c. в Сочи
   d. в деревню Михновка

Глава 2: Сочи

Через несколько часов Артур <u>прилетел</u> в Сочи и сел в такси. Он показал <u>водителю</u> адрес, который был написан у него на бумажке, и они поехали через центр города. В центре было много людей, красивых зданий и монументов. Но у Артура не было времени, чтобы ходить по городу. У него была важная цель.

Они доехали до большого дома, и Артур вышел из такси. Дом казался очень дорогим. Наверное, там жили очень <u>богатые</u> люди. За домом был очень большой красивый сад, в котором несколько <u>садовников</u> <u>ухаживали</u> за деревьями и цветами. По двору бегали белые собаки.

Артур стоял на улице. Он долго думал и глядел на дом, наконец решился, подошёл и <u>позвонил</u> в дверь.

Артур подождал, не ответит ли кто. Тогда он позвонил ещё раз.

– Есть кто-нибудь дома?

Никто не отвечал. Казалось, что никого нет дома.

Рядом с домом стояла красивая белая скамейка. Артур решил сесть на скамейку и подождать хозяев. Он вынул из кармана фотографию и посмотрел на неё. Он улыбнулся. Он <u>спрятал</u> фотографию в карман пиджака.

Артур услышал звук автомобилл. К дому подъехала какая-то дорогая модель автомобиля. За рулём сидела женщина. У неё были короткие светлые волосы. На ней были большие солнцезащитные очки. Она не заметила Артура.

Женщина открыла гараж и въехала в него. Она по-прежнему не видела Артура.

Она вышла из гаража и подошла к двери дома.

– Подождите! – сказал Артур.

Женщина обернулась и увидела Артура.

– Кто Вы? – спросила она.
– Меня зовут Артур Иванович Петров. Можно с Вами поговорить? – спросил Артур.

Женщина посмотрела на него недоверчиво. Один из слуг подошёл и спросил её:
– Госпожа Горячева, Вы желаете, чтобы я закрыл дверь гаража?
– Да, Василий, спасибо.
– Госпожа Людмила Горячева, не так ли? – спросил Артур.
– Да, это я, – ответила женщина.
– Я пришёл по очень важному делу.
– Что это за важное дело?

Артур ни слова не сказал. Он просто улыбнулся.

– Что бы это ни было, пойдёмте со мной. Заходите в дом.

Артур прошёл за женщиной в дом. Дом у женщины был огромным и очень красивым.

– Это всё Ваше? – спросил Артур.

– Да. Когда мне было 19 лет, я основала свою собственную компанию по <u>продаже</u> различной техники, – Людмила осмотрела свой дом, – и дела пошли хорошо! Теперь я президент одной из самых крупных компаний в Сочи. У нас в центре города целый офисный комплекс. У меня отличная команда сотрудников. Я летаю по всему миру, принимаю участие в международных <u>выставках</u>, выступаю на конференциях. У нас недавно появилась новая линия продукции, и все хотят узнать о наших методах работы. Мне очень нравится моя жизнь!

– Да, это и называется успех! Но Вы, наверное, много работали, чтобы добиться успеха.

– Да, очень много. Проходите сюда.

Артур и Людмила подошли к двери в гостиную. Дверь была <u>деревянной</u>, очень красивой. Она казалась старой.

– Этот дом старый? – спросил Аркадий.

Людмила улыбнулась.

– Нет, не старый. Но он <u>построен</u> под старину. Мне нравится старинный стиль.

Артур вошёл в гостиную. Это была огромная комната, и они сели около окна, из которого был виден сад.

Несколько минут спустя в гостиную вошёл Василий.

– <u>Господин</u>… – сказал Василий.

– Меня зовут Артур Иванович.

– Артур Иванович, чего желаете?
– Чёрного чаю с лимоном, пожалуйста.

– А мне, как всегда, зелёного чаю, пожалуйста, – сказала Людмила.

Василий принёс им чай и десерт. Он налил чаю Артуру и Людмиле.

Людмила сняла жакет. В Сочи было очень жарко.

Василий сказал Артуру:
– Позвольте Ваш пиджак.

Артур снял пиджак и отдал его слуге. Тот вышел из комнаты и оставил Артура и Людмилу одних.

Людмила сказала:
– Добро пожаловать в мой дом, Артур Иванович. О чём вы хотели меня спросить?

Артур выпил немного чая и поставил чашку на стол.
– Мне нужно узнать одну цифру.

Так же, как и Давид, Людмила удивилась.
– Цифру?
– Да, цифру.
– Какую-то конкретную цифру?
– Попытайтесь вспомнить её!

Людмила попыталась вспомнить. Она пыталась понять, о чём говорит Артур, но, в отличие от Давида, ничего не вспомнила.

– Я не знаю, о чём Вы говорите. Пожалуйста, не могли бы Вы объяснить получше…

Артур посмотрел вокруг. Комната была очень большой. Наверняка, вторая цифра была где-то здесь. Конечно же, фотография! Он должен показать ей фотографию.

– Вы можете позвать слугу и попросить его принести мой пиджак? – спросил Артур.

– Конечно.

Несколько секунд спустя Василий появился с пиджаком Артура. Артур взял пиджак, и слуга снова ушёл.

Артур поискал в карманах пиджака. В пиджаке было много карманов, и фотографию сундука было трудно найти. Людмила начала терять терпение.

– Вот! Наконец нашёл! – сказал Артур и улыбнулся.

Артур вынул фотографию сундука и положил её на стол. Людмила взяла фотографию в руки и посмотрела на неё. И тогда она кое-что вспомнила.

– Я не знаю, почему… Но я кое-что вспомнила.

– Прекрасно, Людмила! О чём Вы подумали?

Людмила встала, и Артур улыбнулся. Он был на правильном пути.

– Идите за мной, Артур Иванович. Я не знаю, кто Вы и чего хотите, но Вы заставили меня кое о чём вспомнить.

Оба вышли из главного дома и вошли в небольшой домик, который находился в углу сада. В нём было много статуй, картин и других вещей. Он был похож на маленький музей.

Людмила открыла маленькую коробочку, в которой лежала цепочка с кулоном, такие же, как и у Давида. Очень старые и потемневшие, но на кулоне всё равно была видна цифра.

Артур внимательно посмотрел на цифру на кулоне.

– Это всё, что мне надо было знать, – сказал он спокойно.

– Я по-прежнему ничего не понимаю, Артур Иванович. Что Вам нужно? Сундук на фотографии заставил меня вспомнить об этом кулоне, но я не знаю почему.

– Мне пора идти, Людмила. Пожалуйста, не спрашивайте больше ни о чём.

Артур передал Людмиле письмо и сказал:

– Запомните эту цифру и прочитайте это письмо. Это очень важно.

Артур вышел из дома Людмилы.

– Мне пора в Петербург. До свидания, Людмила!

Она не попрощалась. Она просто не могла ни слова сказать. Она вовсе не понимала, зачем Артур приходил. Она посмотрела на письмо. Всё это было слишком странным, но также казалось очень важным. Она решила, что лучше обо всём забыть. Однако прежде, чем забыть обо всём, она решила прочитать письмо, а содержание этого письма было очень интересным...

Приложение к главе 2

Краткое содержание

Артур едет в Сочи, чтобы встретиться с женщиной по имени Людмила, которая живёт в большом доме. Она входит с Артуром в свой дом, и они пьют чай. Артур ей рассказывает о сундуке и говорит, что она должна вспомнить одну цифру. Так же, как и Давид, она вспоминает о цифре на старом кулоне. После того как Артур узнаёт вторую цифру, он даёт Людмиле письмо и прощается. Людмила открывает письмо.

Словарь

прилете́ть (прилетел) (perf.) *to fly into*
води́тель *driver*
бога́тый *rich*
садо́вник *gardener*
уха́живать (imperf.) *to look after*
позвони́ть (позвонил) (perf.) *to give a call*
спря́тать (спрятал) (perf.) *to put away*
руль (m.) *steering wheel*
солнцезащи́тные очки́ *sunglasses*
по-пре́жнему *as before, still*
прода́жа *sale*
вы́ставка *exhibition*
оберну́ться (обернулась) (perf.) *to turn round*
постро́енный *built*
деревя́нный *wooden*
господи́н *sir*
Добро́ пожаловать *Welcome*
в отли́чие от *unlike*

<u>терять терпение</u> (imperf.) *to lose patience*
<u>правильный</u> *correct*
<u>заставить</u> (заставили) (perf.) *to make, to cause*
<u>коробочка</u> *little box*
<u>потемневший</u> *darkened*
<u>спокойно</u> *calmly*
<u>попрощаться</u> (попрощалась) (perf.) *to say goodbye*

Вопросы к тексту
Выберите один ответ на каждый вопрос

6) Дом Людмилы ___.

   a. большой и красивый
   b. маленький, но красивый
   c. за городом
   d. большой, но некрасивый

7) Слугу зовут ___.
   a. Василий
   b. Артур
   c. Николай
   d. Давид

8) Людмила вспоминает, что у неё есть объект с цифрой, когда ___.

   a. Артур говорит про цифру
   b. Артур показывает ей фотографию сундука
   c. Артур рассказывает ей про сундук
   d. Артур рассказывает ей про цепочку с куло-
      ном

9) Людмила ___.

   a. не понимает, что происходит
   b. понимает цель Артура
   c. решает поехать с Артуром в Петербург
   d. решает не читать письмо

10) После прощания с Людмилой, Артур ___.

   a. едет в Смоленск
   b. едет в Москву
   c. снимает номер в отеле в Сочи
   d. летит в Петербург

Глава 3: Петербург

Артуру надо было поесть и отдохнуть, но он только успел быстро перекусить в аэропорту перед полётом в Петербург. Он так устал! Но у него была важная цель. Ему осталось встретиться только с одним человеком, и он достигнет цели.

Через три с половиной часа Артур прилетел в Петербург и сел в такси. Водитель был очень любезным. Они ехали прямо в центр города. Они проехали мимо Эрмитажа. Артуру очень понравилось само здание государственного музея. Артур спросил водителя:

– Вы когда-нибудь были в Эрмитаже?

– Да, конечно! Месяц назад я ходил туда с семьёй.

– И Вам понравилось?

– Да, там очень красиво. Мне также очень понравились почти все экспонаты. Моя дочь сказала, что ей больше нравится современное искусство, а я предпочитаю картины старых мастеров.

– Мне тоже больше нравится классическое искусство, – сказал Артур. – Я всегда предпочитал более традиционные вещи.

Они ещё немного поговорили с водителем и приехали в центр Петербурга. Артур заплатил за поездку, открыл дверь такси и вышел в центр

Петербурга. Это был очень красивый город, и сюда приезжали туристы со всех стран мира. Здесь было так много музеев мирового значения. Но у Артура не было времени, чтобы их посмотреть. Ему надо было сначала добиться своей цели.

Артур точно не знал, куда идти. Дом третьего человека находился где-то в Петербурге. Он решил спросить у <u>прохожего</u> на улице:

– Извините. Я ищу вот это место. Как мне пройти туда?

Артур показал прохожему <u>карту</u>, которую он нарисовал от руки. На карте была река, а недалеко от реки был <u>обозначен</u> красным карандашом дом третьего человека.

Прохожий любезно помог ему и рассказал, как пройти туда.

– Спасибо! Вы мне очень помогли!

– Не за что.

Артур шёл <u>пешком</u> полчаса. Он не стал ехать на такси. Он хотел пройтись пешком. Он уже устал от транспорта. Он хотел подумать о событиях прошлых дней.

Наконец он пришёл к маленькому деревянному домику. Рядом с домиком была <u>пристань</u> с <u>лодками</u>. Человек, который жил в этом домике, сдавал лодки <u>напрокат</u>.

Артур быстро подошёл к домику.

– Надеюсь, что в этот раз кто-нибудь есть дома! – сказал он. Ему так не нравилось ждать, а цель была так близка.

Он позвонил в дверь один раз, потом позвонил второй, и ему открыли. У двери стоял молодой человек, которому было лет 20. Он был похож на Артура, но у него не было бороды.

– Здравствуйте! – сказал хозяин. – Чем могу помочь? Вы, может быть, хотите взять лодку напрокат?

– Нет, спасибо, – ответил Артур. – Меня зовут Артур Иванович Петров. Я хочу с тобой поговорить.

– Проходите, Артур Иванович. Кстати, меня зовут Афанасий.

– Хорошо, Афанасий... Спасибо.

Артур вошёл в домик и огляделся. Внутри всё было чисто и очень скромно. Одежда хозяина тоже была скромной и чистой.

– Ну, – сказал Афанасий. Он смотрел на Артура. Артур посмотрел на Афанасия:

– Ну, что? – спокойно спросил тот.

– Вы хотели со мной поговорить... – напомнил Афанасий.

Артур начал говорить, но вдруг он обратил внимание кое на что. У Афанасия на пальце было кольцо. На кольце была цифра. Он улыбнулся.

– Что такое, Артур Иванович?

– Я думал, что будет труднее.

– Что?

– Это кольцо... Кто дал его тебе?

– Это чей-то подарок... много лет назад... уже не помню. Мне кажется, его сделали из кулона.

Артур посмотрел на цифру, которая была на кольце. Теперь у него была третья цифра. Наконец-то у него были все три цифры. Он был почти у цели.

Артур посмотрел прямо Афанасию в глаза и сказал:

– Афанасий, я могу объяснить тебе немножко из того, что здесь происходит. У меня есть сундук. Вот он на фотографии.

Он достал фотографию сундука и показал Афанасию.

– Чтобы открыть сундук, нужен определённый код из трёх цифр, а эти цифры находятся у трёх разных людей.

Афанасий посмотрел на Артура и спросил:
– А что там внутри?
– Пока я не могу тебе сказать.
– А почему одна из цифр у меня?

Артур не хотел больше ничего объяснять. Теперь ему надо было довести всё до ума.
– Афанасий, возьми это письмо и прочитай его. У двух других людей тоже есть такое же письмо. Все эти письма идентичные. В письме написано, что тебе нужно делать дальше. Мне пора идти. Поверь мне, и до скорого!

Артур вышел из домика и ушёл. Афанасий был так удивлён, что не знал, что ему делать. В конце концов, он решил прочитать письмо:

«Дорогие Людмила, Давид и Афанасий!

Спасибо, что вы решили прочитать это письмо. Как вы знаете, я помог вам найти цифру. У вас троих есть по цифре. Эти три цифры открывают один сундук, который находится у меня дома. Я живу в населённом пункте, который называется деревня Михновка Смоленской области. Я хочу, чтобы в среду вы собрались по этому адресу и открыли сундук кодом из ваших цифр.

Больше я вам ничего не могу рассказать. Совсем немного – и вы узнаете, кто я. Но не сегодня.

Счастливого пути!

С уважением,
Артур».

Несколько дней спустя Давид, Людмила и Афанасий встретились в Смоленской области по адресу, который был указан в письме.

– Здравствуйте, – сказал Давид женщине и мужчине.

– Здравствуйте, – ответили Людмила и Афанасий.

Все трое замолчали на несколько секунд, и наконец Давид сказал:

– Что мы здесь делаем?

– Вы оба прочитали письмо? – спросила Людмила.

– Да, – ответили они.

– Я не понимаю, в чём здесь дело, – сказал Давид.

– Давайте войдём и всё узнаем, – сказала Людмила.

Вдруг Артур открыл дверь. Он их ждал с нетерпением, потому что это было важное событие.

– Добро пожаловать, – спокойно сказал Артур. – Какая радость, что вы пришли!

Они вошли в дом. Дом был чистым и скромным. Там было много книг и журналов. Артур предложил им чашку чая, но никто не хотел чая. Они хотели узнать о цели этого старика. Наконец Артур улыбнулся и сказал:

– Проходите со мной.

Они все вошли в комнату. В центре комнаты стоял сундук. Давид, Людмила и Афанасий подошли к сундуку. У каждого было своё украшение с цифрой, и они хотели открыть сундук.

Каждый <u>набрал</u> свою цифру на замке, и сундук открылся. Внутри него было много разных вещей, а сверху лежал лист бумаги.

Афанасий <u>засмеялся</u>:
– Ха-ха-ха! Опять письмо! Не может быть!
– Кто-нибудь хочет прочитать, что там написано? – спросила Людмила.
– Я прочитаю, – сказал Давид.

Давид взял лист бумаги из сундука и стал читать:

«Здравствуйте, Людмила, Давид и Афанасий. Спасибо большое, что вы пришли. Я позвал вас

сюда по *очень важной причине. Вы все знаете, что вы приёмные дети...»*

У Давида задрожали руки. Он спросил:
– Вы оба тоже приёмные дети?
– Да, – ответил Афанасий.
– Да, – сказала Людмила. – Продолжайте читать, пожалуйста.

«Людмила, Давид и Афанасий, вы все трое – братья и сестра. Я ваш дядя. Ваша мать, моя сестра, с мужем погибли вскоре после того, как родился Афанасий. Всё здесь в сундуке – это их вещи. Цепочки с кулончиками тоже были их.

Я хотел ухаживать за вами, когда вы были маленькими, но это было слишком сложно для меня. Более того, я хотел, чтобы у каждого из вас были родители, которые любили бы вас и могли бы дать вам всё самое лучшее в жизни. У меня не было иного выхода из ситуации.

Теперь вы все взрослые. Я решил, что вам пора узнать, что у вас есть и другая семья. Познакомьтесь!

С любовью,

ваш дядя Артур».

Давид, Людмила и Афанасий посмотрели друг на друга. Потом они обернулись. У стены стоял их дядя! Артур посмотрел на них, улыбнулся и сказал:

– Давайте выпьем чашку чая и поговорим!

Приложение к главе 3

Краткое содержание

Артур едет в Петербург, в дом третьего человека, которого зовут Афанасий. Он находит третью цифру. Давид, Людмила и Афанасий читают письмо, которое они получили от Артура. В письме написано, чтобы они приехали в дом Артура. Они едут, чтобы открыть сундук. Они открывают замок сундука цифрами. В сундуке лежит много вещей и письмо. В письме написано, что Артур — их дядя.

Словарь

<u>перекусить</u> (perf.) *to have a snack*
<u>устать</u> (устал) (perf.) *to get tired*
<u>любезный</u> *friendly*
<u>заплатить</u> (заплатил) (perf.) *to pay*
<u>прохожий</u> *passer-by*
<u>карта</u> *map*
<u>обозначен</u> *marked*
<u>пешком</u> *by foot*
<u>пристань</u> *dock*
<u>лодка</u> *boat*
<u>напрокат</u> *on hire*
<u>скромно</u> *modestly*
<u>обратить</u> (обратил) (perf.) *to turn*
<u>кольцо</u> *ring*
<u>сделать</u> (сделали) (perf.) *to make*
<u>одинаковый</u> *same*
<u>Счастливого пути!</u> *Have a safe journey!*
<u>С уважением</u> *Yours sincerely*
<u>засмеяться</u> (засмеялся) (perf.) *to laugh*

приёмный ребёнок *adopted child*
задрожать (задрожали) (perf.) *to start shaking*
погибнуть (погибли) (perf.) *to die, to be killed*
родиться (родился) (perf.) *to be born*
познакомиться (познакомьтесь) (perf.) *to get to know*

Вопросы к тексту

Выберите один ответ на каждый вопрос

11) Артур едет ___.
   a. в Москву
   b. в Петербург
   c. в Выборг
   d. в Сочи

12) Артур говорит с водителем такси ___.
   a. о погоде
   b. о семье Артура
   c. об Эрмитаже
   d. о сундуке

13) Афанасий, третий человек, живёт ___.
   a. около парка
   b. около Эрмитажа
   c. в деревне
   d. около реки

14) В сундуке находится ____.

a. только письмо
b. письмо и разные вещи
c. письмо от родителей
d. только деньги

15) Давид, Людмила и Афанасий – это ____.

a. отец, мать и сын
b. братья и сестра
c. друзья
d. дети Артура

Неизвестная земля

Глава 1: Исследователь

Много веков назад жил-был один народ. Этот народ называли викингами. Викинги жили на севере Европы. Их земли были холодными, и там было много <u>гор</u>, которые зимой были <u>покрыты</u> снегом. Им трудно было <u>выращивать</u> <u>урожаи</u>. Говорят, что из-за этого викинги часто искали новые земли.

На территории викингов находился город, который назывался Асглор. В нём жил один молодой человек. Его звали Торик, и ему было не больше двадцати пяти лет.

Торик был очень сильным мужчиной. Он был выше всех в городе. У него были длинные тёмные волосы, большой нос, широкие плечи, сильные руки и ноги.

Однажды днём Торик возвращался с <u>охоты</u>. Это был вполне обычный день. В Асглоре было много людей. Солнце светило, но было прохладно.

На пути домой Торик увидел известного исследователя, которого звали Нильс. Нильс проводил очень много времени <u>за пределами</u>

города Асглора. Он занимался <u>поисками</u> новых земель, где было бы легче выращивать урожай. Вдруг Нильс заметил Торика:

– Торик! – крикнул Нильс.

– Здравствуй, Нильс. Ты ещё в городе?

– Да. Я пробуду здесь ещё несколько дней.

– Куда ты потом пойдёшь?

– Я не знаю точно, но <u>вождь</u> Эскол <u>посылает</u> меня очень далеко.

Торик <u>уважал</u> вождя Эскола. Это был очень высокий, сильный мужчина, с самыми длинными волосами, какие он когда-либо видел, и с огромными мускулами. Его голос был очень низким.

Эскол был очень <u>справедливым</u>. Он <u>вводил</u> много новых правил и законов, и у него даже был гражданский суд. Поэтому все уважали его, и большинство граждан считали его хорошим вождём.

– У вождя Эскола новые планы? – спросил Торик с интересом.

– Да, но он пока не сказал нам какие. Только сказал, что в этот раз нужно будет <u>отправиться</u> очень далеко, чтобы открыть новые земли.

Вождь Эскол часто посылал экспедиции, чтобы они <u>исследовали</u> земли за пределами города. Город был маленьким и находился около высоких гор и большой реки, которая впадала в море. Летом там всегда было достаточно еды, а зимой, когда было мало <u>животных</u> и ничего не росло, еды не хватало. Вождь Эскол знал, что надо поскорее найти новые земли.

– Как хорошо! – сказал Торик. – Я хочу, чтобы у нас больше не было проблем с едой.

– Я тоже. Моей семье нужно лучше <u>питаться</u>, а не есть одно мясо.

Торик не был знаком с семьёй Нильса, но знал, кто они. Иногда они принимали участие в экспедициях.

– Нильс, мне надо идти чистить животных, которых я убил сегодня на охоте. Моя семья хочет <u>продать</u> это мясо.

– Хорошо. До свидания!

Торик вернулся домой и поговорил со своим отцом и сестрой. Они были <u>крестьянами</u>. Они выращивали урожай на тех небольших участках земли, где было можно, и <u>продавали</u> мясо животных, которых Торик приносил с охоты.

В ту ночь Торик плохо спал. Он много думал. Чего хотел вождь Эскол? Почему такая <u>секретность</u>? Что это за новая экспедиция?

Через два дня Торик возвращался с охоты. С каждым днём в горах было всё меньше животных. Скоро придёт зима, поэтому становилось всё труднее находить животных. Когда Торик возвращался с охоты, он опять повстречал Нильса. Нильс быстро шёл.

– Торик! Иди сюда скорее!

– Что случилось, Нильс?

– Вождь Эскол <u>созвал</u> всех жителей города.

– Он расскажет, какие у него планы?

– Наверное. Мне нужно идти. Иди домой, оставь мясо, а потом беги на <u>собрание</u>.

Торик пошёл домой и там оставил животных, которых он убил на охоте. Дома никого не было. Все уже ушли на собрание к вождю Эсколу.

Торик быстро пошёл в направлении Большого зала. Большой зал был домом вождя Эскола. Он жил там со своей женой и четырьмя детьми. Там также жили слуги Эскола и <u>жрецы</u>, которые помогали Эсколу <u>управлять</u> городом.

Большой зал был большим деревянным домом со статуями богов, которым <u>поклонялись</u> викинги. В Большом зале также проводились собрания. Когда у вождя Эскола были важные новости, о которых нужно было рассказать всему городу, он собирал всех здесь. Так было и в этот раз.

Приложение к главе 1

Краткое содержание

Торик – это викинг-охотник. Он живёт в городе Асглоре. Городом Асглором управляет вождь Эскол. Нильс – это главный исследователь вождя Эскола. Нильс говорит Торику, что у вождя Эскола есть новый план. Эскол собирает всех жителей города, чтобы рассказать им, что он задумал.

Словарь

исследователь *explorer*
гора *mountain*
покрытый *covered*
выращивать (imperf.) *to grow*
урожай *crop*
охота *hunt*
за пределами *beyond*
крикнуть (крикнул) (perf.) *to shout*
вождь (m.) *chief*
посылать (посылал) (imperf.) *to send*
уважать (уважал) (imperf.) *to respect*
справедливый *just*
отправиться (perf.) *to set off*
исследовать (imperf.) *to explore*
животное *animal*
питаться *to be fed*
продать/продавать (perf./imperf.) *to sell*
крестьянин *peasant*
секретность (f.) *secrecy*
созвать (созвал) (perf.) *to call, to convene*
собрание *meeting*

жрец *priest*
управлять (imperf.) *to manage, to rule*
поклоняться (поклонялись) (imperf.) *to pray*

Вопросы к тексту
Выберите один ответ на каждый вопрос

1) Торик – это ___.
    a. исследователь
    b. охотник
    c. вождь
    d. крестьянин

2) Однажды, когда Торик возвращался с охоты, он встретил ___.
    a. исследователя Нильса
    b. знакомого викинга
    c. вождя
    d. свою семью

3) В Большом зале живёт ___.
    a. исследователь Нильс
    b. охотник Торик
    c. семья Нильса
    d. вождь викингов с семьёй

4) В городе Асглоре ___.
    a. всегда есть достаточно еды
    b. не достаточно еды летом
    c. не достаточно еды зимой
    d. нет никаких охотников

5) Нильс думает, что на собрании ____.

   a. будут говорить о том, что сейчас не достаточно
      еды в городе

   b. выберут нового вождя

   c. Торик расскажет, как сделать охоту лучше

   d. Эскол расскажет о своих планах исследовать
      новые земли

Глава 2: В море

Собрание <u>длилось</u> только полчаса, но все жители знали, что каждое слово вождя Эскола было очень важным, и внимательно слушали его. На этот раз он хотел отправиться дальше, намного дальше, чем раньше. Он хотел <u>поплыть</u> по реке до самого моря, а потом поплыть на запад. Он верил, что на западе есть новые земли.

<u>Горожане</u> Асглора <u>удивились</u>. Даже Торик и Нильс не ожидали этого. Но всё население города согласилось, что это хорошая идея исследовать новые земли на западе. А после собрания надо было начать подготовку.

Прошёл целый месяц в сборах. Этот месяц показался им очень долгим, ибо горожане Асглора знали, что <u>приближается</u> зима. Они хотели, чтобы продуктов хватало на всех. Они были рады, что <u>корабли</u> были почти готовы.

Нильс руководил строительством кораблей в лесу, недалеко от города. Этот лес был близко к реке. Вождь Эскол часто приходил сюда, чтобы посмотреть, как <u>продвигается</u> работа.

– Скажи мне, Нильс, – сказал Эскол, – когда мы сможем отплыть на кораблях? Я вижу, что некоторые уже почти готовы. Нам нужно отплыть, как можно скорее.

– Я не знаю, вождь. Может, через неделю, а, может, и раньше.

– Всего через одну неделю? Это отлично!

– Да, у нас хорошее дерево, у наших строителей огромный опыт. Они уже построили много кораблей! – сказал Нильс.

Через несколько дней вождь Эскол собрал всех жителей города ещё раз в Большом зале, чтобы решить, кто поедет в экспедицию. На кораблях было достаточно места только для 75 человек. Один за другим мужчины поднимали руки. Большинство из них были воинами. У воинов была очень хорошая подготовка, из чего следовало, что воины были бы самыми полезными членами такой экспедиции.

Торик тоже хотел поехать. Он не был воином, но он был хорошим охотником, а достаточное количество еды всегда было необходимым условием успешной экспедиции.

– Вы не знаете, какая еда будет в новых землях, – сказал Торик вождю. – Вам нужны будут охотники, а я могу охотиться, где угодно. Принципы охоты везде одинаковые, даже в новых землях.

Вождь Эскол долго думал. Наконец он сказал:

– Хорошо, Торик. Ты поедешь с нами.

С того момента Торик с нетерпением ждал, когда же отплывут корабли и экспедиция отправится к далёким землям.

Когда пришёл день отплытия, вождь Эскол, Нильс и Торик вместе с остальными викингами готовились к отплытию. Они <u>помолились</u> своим богам, и <u>попрощались</u> со своими семьями и со всеми горожанами. Эскол <u>заявил</u>, что его жена будет управлять городом до тех пор, пока он не вернётся. Викинги сели на корабли и отплыли. Экспедиция началась.

Викинги быстро плыли на запад. У них было три отличных корабля, и все были довольны. Дни шли один за другим без проблем.

Через несколько недель корабли плыли уже в открытом море, земли не было видно. Была видна только вода. Всем казалось, что прошло очень много времени. Даже <u>птиц</u> не было видно, а все викинги знали, если увидишь птицу над морем, значит, земля недалеко. Некоторые викинги начали <u>задавать вопросы</u> вождю Эсколу:

– Вождь Эскол, а ты уверен, что на западе есть земля?

– Я абсолютно уверен.

– А что случится, если мы не найдём землю?

Вождь Эскол <u>сердито</u> <u>закричал</u>:

– Мы найдём землю! Вам ясно? Тот человек, который сказал мне, что на западе есть земля, видел её своими собственными глазами. Поняли?

– Но... но... – сказал один из викингов, – но... кто тебе это сказал? Кто этот человек, который уже был в новых землях?

– Это тебя не касается. Иди! Ты здесь, чтобы помогать другим, а не задавать вопросы.

Эскол был хорошим вождём, но со сложным характером, и ему не нравилось, когда задают вопросы. Он знал, как управлять людьми, и ему не нравилось, когда ставили под сомнение его авторитет. Но он понимал, что викинги не могли быть такими же уверенными, как он, что новая земля существует. Он решил, что пришла пора поговорить с викингами:

– На западе есть земля! Я это точно знаю, и у меня есть доказательство. Посмотрите!

Эскол показал им платок. Они поняли, что этот платок сделали не викинги — это чужой платок. На платке были странные животные и деревья. Он сказал:

– Я знаю, что эти земли существуют! Поверьте мне!

Викинги ничего больше не стали спрашивать и продолжили грести. Но все хотели узнать, кто именно сказал вождю Эсколу, что на западе есть новая земля и откуда он взял этот платок.

В тот же день начался дождь и ветер начал сильно дуть. Море начало штормить. Корабли с трудом продвигались вперёд. Капитаны трёх кораблей пытались держать корабли недалеко друг от друга, и им это удавалось, но было тяжело.

Наконец шторм прошёл и опять небо стало ясным. Вождь Эскол начал сердиться, потому что понял, что из-за шторма корабли сбились с курса. Он точно не знал, где они находятся.

Вождь знал, что он не должен говорить викингам, что он не знает, где они находятся. Теперь оставалось просто плыть на запад и надеяться.

Прошло несколько дней. Когда все спали, Торик что-то увидел в небе. Сначала он подумал, что это ему снится. Но у охотников очень хорошее зрение. Он опять посмотрел. И да, точно!

Он подошёл к тому месту, где спал Нильс и разбудил его:
– Нильс, пора вставать! – сказал Торик.
– Что случилось? – спросил исследователь, но не открыл глаз.
– В небе птицы!
– Что ты сказал?
– В небе птицы! Рядом земля!

Нильс открыл глаза и увидел, как Торик показывает на небо, на запад. Он тоже увидел птиц.
– О, боги! Это правда!

Нильс встал и пошёл к вождю. Торик пошёл вместе с ним.
– Вождь Эскол, пойдём с нами, пожалуйста!

Вождь Эскол сразу же проснулся.
– Нильс? Торик? Что случилось?
– В небе летают птицы! – воскликнул Нильс.
– Земля близко! – сказал Торик.

Вождь Эскол быстро встал и закричал капитанам всех трёх кораблей:

– Гребите! Быстрее! Разбудите всех! Земля близко!

Они стали грести изо всех сил и наконец увидели землю.

Торик и Нильс улыбнулись. Вождь Эскол не улыбнулся. Он никогда не улыбался, но зато он не казался таким сердитым, как раньше.

Вождь Эскол дал команду кораблям причалить к берегу. Берег был пологим, здесь было много деревьев, а недалеко были горы. Это было очень красивое место.

Викинги вышли с кораблей на берег.

Торик спросил Нильса:

– Нильс, что это за земля?

– Я не знаю, Торик, но она не похожа ни на одно место, которое я видел.

– Нам нужно узнать, что находится дальше от берега.

– Я полностью согласен.

Вождь Эскол собрал всех и разбил их на маленькие группы. Он сказал:

– Нам нужна еда. У нас почти ничего не осталось. Нужно охотиться.

Торик и Нильс пошли на охоту вместе. Здесь всё было по-другому. Было много незнакомых деревьев и животных. Они таких никогда не видели. Но викинги были голодны, поэтому они убили несколько животных и поели их мяса. Мясо на <u>вкус</u> было другим, но неплохим...

Вечером на берегу вождь Эскол обратился к викингам:

– У нас уже есть еда, а теперь нам нужно исследовать эту землю. Нам нужно узнать, что находится на этой земле. Нам нужно узнать, можем ли мы здесь выращивать урожай. Если тут хорошие земли, мы позовём ещё викингов.

Один из викингов спросил:

– Откуда мы знаем, где мы находимся? Нам кажется, что шторм существенно сбил нас с курса.

Вождь Эскол несколько минут молчал. Это был тот <u>редкий</u> случай, когда он не знал ответа на вопрос. Он так на него и не ответил, но сказал:

– Нам нужно исследовать эту местность. Начнём завтра на <u>рассвете</u>.

Приложение к главе 2

Краткое содержание

Вождь Эскол рассказывает всем горожанам о своих планах. Он хочет исследовать новые земли на западе. Эскол выбирает 75 мужчин для экспедиции, Нильс и Торик тоже едут. Они плывут несколько недель, но не видят землю. Шторм сбивает их корабли с курса. Наконец викинги находят землю. Они идут на охоту и убивают странных животных.

Словарь

длиться (длилось) (imperf.) *to last*
поплыть (perf.) *to sail*
горожанин *rural citizen*
удивиться (удивились) (perf.) *to be surprised*
приближаться (приближается) (imperf.) *to approach*
корабль (m.) *ship*
продвигаться (продвигается) (imperf.) *to progress*
поднимать (поднимали) (imperf.) *to raise*
воин *fighter, warrior*
нетерпение *impatience*
помолиться (помолились) (perf.) *to say a prayer*
прощаться (прощались) (imperf.) *to say goodbye*
заявить (заявил) (perf.) *to announce*
птица *bird*
задавать вопрос (imperf.) *to ask a question*
сердито *angrily*
закричать (закричал) (perf.) *to give a shout*
доказательство *proof, evidence*
платок *kerchief, handkerchief, headscarf*
грести (гребите) (imperf.) *to row*

<u>продвигаться</u> (продвигались) (imperf.) *to move*
<u>сбиться</u> (сбились) (perf.) *to lose one's way, to deviate*
<u>разбудить</u> (разбудил) (perf.) *to wake someone up*
<u>улыбнуться</u> (улыбнулись) (perf.) *to smile*
<u>причалить</u> (perf.) *to moor*
<u>пологий</u> *flat, low*
<u>вкус</u> *taste*
<u>редкий</u> *rare*
<u>рассвет</u> *sunrise*

Вопросы к тексту
Выберите один ответ на каждый вопрос

6) В экспедицию едут ____.
   a. пятьдесят викингов
   b. сто викингов
   c. семьдесят пять викингов
   d. все викинги

7) В экспедицию плывёт ____.
   a. два корабля
   b. три корабля
   c. четыре корабля
   d. пять кораблей

8) Во время плавания ____.
   a. не достаточно сильный ветер
   b. корабли не могут остаться вместе
   c. их атакуют незнакомые викинги
   d. начинается шторм

9) Первым увидел птиц ___.
   a. Торик
   b. Нильс
   c. вождь Эскол
   d. отец Нильса

10) Викинги решают ___.
   a. исследовать землю, а потом охотиться и наконец выращивать урожай
   b. выращивать урожай, а потом охотиться и наконец исследовать землю
   c. охотиться, потом выращивать урожай и наконец исследовать землю
   d. охотиться, потом исследовать землю и наконец выращивать урожай

Глава 3: Решение

Все викинги проснулись на рассвете и поели. Завтрак состоял из <u>запасов</u>, которые остались от путешествия, и мяса странных животных.

После завтрака Торик пошёл к вождю Эсколу:
– Здравствуй, вождь.
– Здравствуй, Торик. Ты чего-то хочешь?
– Я хочу поговорить с тобой.
– Говори.

Торик хотел узнать одну вещь.
– В начале пути викинги <u>сомневались</u>. Они задавали много вопросов, потому что не знали, есть ли на западе земля. Но благодаря твоему сильному руководству мы <u>благополучно</u> прибыли в эти земли.
– Да. Давай ближе к делу, Торик.
– Тот человек, который рассказал тебе об этой земле… Кто он?
– Человек, который сказал мне, что эта земля существует?
– Да, именно.

Вождь Эскол <u>огляделся</u>.
– Что такое? – спросил Торик.
– Где Нильс?
– Я думаю, что он на берегу с другими викингами.

– Хорошо. Человек, который рассказал мне об этом, был его отцом.

– Его отец?

– Да.

Торик очень удивился. Отец Нильса и был тем <u>таинственным</u> человеком? Но отец Нильса умер. Торик ничего не понимал.

– Я думал, что отец Нильса умер в экспедиции по дороге на восток. Он <u>погиб</u> в горах в результате <u>падения</u>. Разве не так?

– Нет. Я сообщил населению города, что он умер от падения, но это неправда. Я <u>послал</u> его на запад. Это была секретная миссия. Никто ничего не знал.

– Ты послал его сюда? Ты послал его одного?

– Нет, я послал его на запад вместе с тринадцатью викингами. Двое умерли в пути. Восемь человек умерло здесь, на западе. Отец Нильса вернулся с двумя викингами в наш город. Но вскоре после того, как они вернулись, они умерли от <u>истощения</u>. Отец Нильса успел рассказать мне о новой земле и дать этот платок.

Эскол показал платок Торику. На платке были не только рисунки, но и какие-то странные буквы.

– Откуда ты знал, что они найдут землю на западе?

– У меня было <u>предчувствие</u>.

– У тебя было предчувствие! Отец Нильса погиб, потому что у тебя было предчувствие?

Торик посмотрел прямо в глаза Эскола:

– Если Нильс узнает, он тебе этого никогда не <u>простит</u>.

Вождь Эскол взял Торика за руку.

– Ты не должен рассказывать об этом Нильсу. Нильс – мой самый лучший исследователь. Отец Нильса его хорошо <u>обучил</u>. Мы не можем потерять его сейчас.

Торик <u>кивнул</u>.

– Я понимаю.

– Хорошо, тогда возвращайся к остальным, – сказал Эскол и ушёл.

Немного позже все викинги взяли оружие и пошли в лес. Этот лес был огромным. Нильс шёл во главе группы. Солнце светило, и было жарко. Одежда викингов была слишком тёплой.

Они шли несколько часов. Вдруг за холмом они увидели деревню. Нильс сделал <u>знак</u> рукой, и вся группа остановилась на холме. Деревня была странной. Дома были непохожими на их дома. Там были мужчины, женщины и дети. Их кожа была темнее, чем у викингов. Они носили странную одежду и говорили на непонятном языке. Викинги не знали, что делать.

Вождь Эскол первым пошёл в направлении деревни. Все викинги последовали за ним.

Сначала жители деревни очень <u>испугались</u>. Некоторые побежали к своим домам, но вождь Эскол <u>успокоил</u> их.

– Мы не <u>причиним</u> вам <u>вреда</u>, – сказал он несколько раз низким голосом. Он даже улыбнулся!

Несколько минут спустя появился вождь деревни. Он предложил Эсколу напиток. Вождь Эскол выпил. Вождь деревни посмотрел на Эскола. Потом он сказал «вода» на языке викингов! Он понимал язык викингов!

Эскол и местный вождь разговаривали несколько часов. Эскол многое узнал. Местный вождь говорил на языке викингов, потому что сюда приехала первая экспедиция и викинги прожили в этой деревне несколько месяцев. Те викинги и местные жители мирно жили друг с другом. Местные жители хотели помочь им, но большинство викингов их не слушали. Некоторых викингов убили <u>дикие</u> животные. Некоторые викинги погибли от <u>ядовитых растений</u>, а некоторые умерли от болезней.

Вождь Эскол решил собрать всех своих викингов и сказал:

– Воины, я многое узнал сегодня. Здесь раньше были другие викинги. Они не <u>прислушивались</u> к советам местных жителей и погибли.

Эскол осмотрел группу викингов. Он говорил серьёзно:

– Местный вождь сказал мне, что некоторые викинги решили вернуться домой. Я сам говорил с ними. Они рассказали мне об этой земле. Они тоже умерли. Они умерли от истощения.

Викинги посмотрели друг на друга. Теперь они понимали, откуда вождь знал, что на западе находится новая земля.

Вождь Эскол заявил:

– Нам нужно принять решение. Мы не знаем, где мы находимся. Шторм сбил нас с курса. Если мы останемся здесь, мы можем стать членами этого общества. Местные жители миролюбивы, они нам помогут. Если решим вернуться домой, мы рискуем жизнью. Вполне возможно, что мы погибнем в пути. Местные жители – добрые люди. Они нам дадут участок земли и покажут, как выращивать урожай.

Все викинги смотрели на Эскола. Они не знали, что думать.

Эскол сказал:

– Я уже решил. Я остаюсь.

Один из викингов крикнул:

– Значит, мы бросим наши семьи? Нет, это невозможно!

Другой викинг сказал:

– Посмотрите на наши корабли! Шторм почти разрушил их! На таких кораблях нам не добраться домой.

Вождь продолжил свою речь:

– Может быть, вы оба правы. Каждый должен сам сделать свой выбор, останется он здесь или нет. Я не заставляю никого оставаться.

Прошло несколько дней. За это время появились две группы.

Одна группа состояла из тех, кто решил остаться на новой земле, а другая – из тех, кто хотел вернуться домой, пусть даже на разбитых кораблях.

Через месяц вторая группа отправилась в путь, чтобы попытаться найти свою родную землю, а первая группа стояла и смотрела, как корабли отплывают.   Вождь Эскол сказал первой группе:

– Всё пошло не по плану.

Нильс ответил:

– Это правда. Но важно то, что мы хотели сделать жизнь наших близких лучше. Эта земля хорошая, и нам будет легко здесь жить.

– Да, – сказал Торик, – здесь много интересного.

– Мы будем продолжать исследовать новые земли. Мы будем счастливы здесь, – сказал Нильс.

Викинги были готовы приступить к исследованию новой земли, или, как её назвали несколько веков спустя, Северной Америки.

Приложение к главе 3

Краткое содержание

Вождь Эскол рассказывает Торику о том, как он узнал о земле на западе: он послал туда экспедицию, но только трое вернулись. Одним из этих мужчин был отец Нильса, который умер от истощения. Викинги исследуют новую землю. Они находят деревню, где вождь Эскол говорит с местным вождём на языке викингов. Эскол говорит викингам, что местные жители миролюбивые и что им надо решить, остаться здесь или вернуться домой, но вернуться домой будет нелегко. Часть викингов решает вернуться домой. Эскол, Торик, Нильс и несколько других викингов решают остаться. Они хотят исследовать будущую Северную Америку.

Словарь

<u>запас</u> *supply*

<u>сомневаться</u> (сомневались) (imperf.) *to doubt*

<u>благополучно</u> *safely*

<u>оглядеться</u> (огляделся) (perf.) *to look round*

<u>таинственный</u> *secret*

<u>погибнуть</u> (погиб) (perf.) *to perish, to die*

<u>падение</u> *fall*

<u>послать</u> (послал) (perf.) *to send*

<u>истощение</u> *exhaustion*

<u>предчувствие</u> *premonition*

<u>простить</u> (простит) (perf.) *to forgive*

<u>обучить</u> (обучил) (perf.) *to teach*

<u>кивнуть</u> (кивнул) (perf.) *to nod*

<u>знак</u> *sign*

<u>испугаться</u> (испугались) (perf.) *to get scared*
<u>успокоить</u> (успокоил) (perf.) *to calm, to comfort*
<u>причинить</u> (причиним) <u>вред</u> (perf.) *to harm*
<u>дикий</u> *wild*
<u>ядовитое растение</u> *poisonous plant*
<u>прислушиваться</u> (прислушивались) (imperf.) *to heed*
<u>миролюбив</u> *peaceful*
<u>разрушить</u> (разрушил) (perf.) *to destroy*
<u>заставлять</u> (заставлю) (perf.) *to force*
<u>разбитый</u> *broken*

Вопросы к тексту

Выберите один ответ на каждый вопрос

11) Вождь Эскол узнал о землях на западе от ____.

a. своего отца
b. отца Торика
c. отца Нильса
d. местного вождя

12) Когда викинги начали исследовать новые земли, они обнаружили ____.

a. группу воинов
b. вторую группу викингов
c. местных жителей
d. ферму

13) Формируются две группы викингов, так как
___.

    a. одна группа хочет вернуться домой
    b. им надо охотиться
    c. им хочется есть
    d. деревня слишком мала для всех викингов

14) Вождь Эскол решает ___.

    a. вернуться в город
    b. плыть дальше на запад
    c. остаться в деревне
    d. стать вождём деревни

15) Новая земля из рассказа теперь называется
___.

    a. Норвегия
    b. Северная Америка
    c. Великобритания
    d. Южная Америка

Женщина-невидимка

Глава 1: Предмет

Лариса была самым обычным человеком. Она была женщиной среднего возраста, среднего роста и среднего веса. Она работала архитектором в предприятии средних размеров в Нижнем Новгороде. У неё была обычная квартира в обычном районе. И машина у неё была самая обычная!

Лариса получала среднюю <u>зарплату</u>. Она всегда <u>усердно</u> работала. Ей нравилась её работа. Часто по утрам она приходила на работу слишком рано, а по вечерам возвращалась домой слишком поздно. Её считали идеальной сотрудницей. К счастью, её муж был не против таких рабочих часов. Он был доктором и большую часть времени проводил со своими пациентами.

По выходным Ларисе нравилось заниматься спортом и проводить время в кругу семьи и друзей. Они с друзьями часто смотрели фильмы в кино или ездили на природу.

Ларисе очень нравился её родной город. Здесь жили её семья и друзья. Нижний Новгород – это город с богатой культурной жизнью, и в нём много исторических зданий, музеев, монументов.

Тут также есть много отличных баров, кафе и ресторанов. Ларисе нравилось жить в таком <u>оживлённом</u> городе. Но иногда ей хотелось <u>спокойствия</u>, поэтому время от времени она уезжала за город на выходные.

В общем, всё у неё было, как у всех.

Однажды в субботу Лариса ехала на машине за город. Она была со своими друзьями. Её друга звали Игорь, а подругу – Елена. Они были друзьями с самого <u>детства</u>.

Друзья ехали за город, чтобы <u>отдохнуть</u> и <u>пожарить</u> <u>шашлыки</u>. Они взяли с собой много еды и разных напитков. Лариса выехала из Нижнего Новгорода и остановила машину за городом около красивого леса.

– Где мы, Лариса? – спросил Игорь.

– Мы за городом, на севере от Нижнего Новгорода. Это моё любимое место!

– Здесь хорошо будет жарить шашлыки! – сказала Елена.

– У нас с собой достаточно продуктов для шашлыков? – спросил Игорь.

– Конечно! – сказала Лариса. – Я не забыла, что у тебя здоровый аппетит! Всё в машине. Давайте возьмём всё с собой.

Лариса, Игорь и Елена взяли еду и напитки и пошли искать место для шашлыков. Они нашли хорошее место и решили начать жарить шашлыки. Игорь занимался <u>костром</u>, а Елена готовила еду.

Лариса посмотрела на мобильник, не пришли ли какие-нибудь сообщения. Оказалось, что начальник отдела прислал ей сообщение, так как она забыла отдать ему важный чертёж! Сегодня у него важная встреча с директорами, и чертёж был ему просто необходим.

Лариса решила позвонить начальнику отдела и объяснить, где она оставила чертёж. Она взяла мобильник и сказала друзьям:

– Игорь, Лена, я сейчас вернусь. Мне нужно позвонить начальнику.

– Ты всегда работаешь, даже в выходные дни, – сказал Игорь. – Тебе пора отдыхать, а не работать.

– Игорь прав, – сказала Елена. – Тебе нужно больше отдыхать. Ты работаешь практически всё время. В выходные надо забывать о работе.

– Знаю, знаю... – ответила Лариса. – Но я получила сообщение от моего начальника. Я забыла отдать ему важный чертёж, а у него сегодня встреча директоров!

Лариса отошла подальше от друзей, вглубь леса. Деревья были очень высокими. Лес сгущался, было тяжело идти. Она позвонила начальнику и поговорила с ним. Он пообещал перезвонить ей, когда найдёт чертёж.

Пока Лариса ждала его звонка, она осмотрелась. Вдруг она что-то увидела. Под деревьями она заметила странный свет. Лариса приблизилась к свету. Свет исходил от небольшого, странного шарика, который лежал под деревьями. Лариса ничего подобного в жизни не видела. Она хотела <u>подержать</u> шарик в руках, но немножко боялась, что шарик окажется горячим. Однако шарик оказался холодным.

Вдруг шарик <u>погас</u> у неё в руках. Шарик стал очень холодным, даже слишком холодным. Всё это показалось Ларисе очень странным. Лариса бросила шарик, начальник не звонил и она вернулась к друзьям.

Лариса услышала, что её друзья говорят о ней:
– Да, – сказал Игорь, – Лариса слишком много работает. Ей нужно <u>выключать</u> мобильник на выходные.
– Я тоже так думаю, – сказала Елена. – Это нехорошо для здоровья, особенно если она так много <u>волнуется</u>.

Лариса подошла к друзьям и сказала:
– О ком вы говорите? Обо мне? Ну, хорошо! Я готова отдыхать!

Игорь встал, чтобы <u>проверить</u> огонь. Они совсем игнорировали Ларису.

– Почему вы не смотрите на меня? – спросила Лариса. Она стала <u>махать</u> им руками, подошла поближе и даже начала петь песни, но они никак не <u>отреагировали</u>. Они продолжали говорить, как будто её здесь не было.

– Кстати, где Лариса? – спросил Игорь. – Она уже давно ушла говорить по телефону. Она уже очень долго разговаривает. Может быть, что-то случилось с ней.

– Не волнуйся! – сказала Елена. – Ей, наверное, многое надо сказать начальнику. Она так волновалась об этом чертеже!

– Как это странно! – думает Лариса. – Они не видят меня! Я невидимая? Ничего себе! Я невидимая! Ха-ха-ха! Но почему?

Лариса вспомнила странный предмет, который она нашла под деревьями. Она подумала о том свете, который исходил от него, и что он погас, как только она взяла шарик в руки.

– Может быть, я стала невидимкой из-за того предмета?

Лариса не знала, что думать. Потом она решила:

– Не понятно, как долго я останусь невидимой. Надо этим воспользоваться! Я быстро съезжу в город и сразу же вернусь, – решила Лариса.

Лариса посмотрела на Игоря и Елену. Они начинали жарить шашлыки.

– Да, Игорь, – сказала Елена, – Лариса работает много, но это нормально. Она много лет очень усердно училась. И оценки у неё были всегда самыми лучшими. Она всегда очень серьёзно относилась к работе и, наверное, в будущем станет начальником отдела!

– Но платят ей недостаточно, – сказал Игорь.

– Это правда, но в будущем, наверное, у неё будет хорошая зарплата. Она достойна очень многого.

– Это правда. Просто нужно, чтобы она больше отдыхала по выходным. Смотри, мы отдыхаем, а она всё ещё говорит с начальником по телефону.

– У неё сложная работа. Ей приходится много работать.

– Да, она работает много и очень хорошо. Её начальник должен знать, что она самая лучшая сотрудница.

Лариса удивилась. Она поняла, что друзья очень <u>уважали</u> её. Ей не нравилось <u>подслушивать</u>, но всё, что о ней говорили, ей так нравилось!

Вдруг **Игорь** сказал:
– Ну, я начинаю волноваться. Где же Лариса?
Елена сказала:
– Давай пойдём посмотрим.

Друзья сняли шашлыки с костра и пошли вглубь леса. Там они увидели странный предмет.

– Смотри, Лена, что это? – спросил **Игорь**. Он взял шарик в руки и осмотрел его.
– Я не знаю, – сказала Елена. – Как ты думаешь, откуда он взялся? Мы не знаем из какого материала он сделан. Может, он радиоактивный. Лучше оставить его здесь.
– Ты права, Лена! – сказал **Игорь** и бросил шарик. Они оставили шарик в лесу и пошли дальше искать Ларису.

Когда **Игорь** и Елена вышли из леса, машины Ларисы уже не было.

– Посмотри! – сказал Игорь. – Где же машина? Это не смешно!
– Не знаю – ответила Елена. – Просто не знаю.

Тем временем Лариса вернулась в Нижний Новгород. Она хотела воспользоваться тем, что её никто не видит.

Приложение к главе 1

Краткое содержание

У Ларисы обычная жизнь. Она много работает, а по выходным встречается с семьёй и с друзьями. Однажды она едет с друзьями за город на шашлыки. В лесу Лариса находит странный предмет. Она берёт этот предмет в руки и становится невидимой. Её друзья не видят и не слышат её. Она возвращается на машине в Нижний Новгород, чтобы воспользоваться тем, что её никто не видит.

Словарь

женщина-невидимка *invisible woman*
зарплата *pay, salary*
усердно *diligently*
оживлённый *lively*
спокойствие *calm, peace*
детство *childhood*
отдыхать/отдохнуть (imperf./perf.) *to relax, to rest*
жарить/пожарить (imperf./perf.) *to grill, to barbecue*
шашлык *kebab*
костёр *bonfire*
отдел *department*
чертёж *drawing, sketch*
вглубь *deep into*
сгущаться (сгущался) (imperf.) *to thicken*
приблизиться (приблизилась) (perf.) *to approach*
исходить (исходил) (imperf.) *to come from*
шарик *small ball*
подержать (perf.) *to hold for a little bit*
погаснуть (погас) (perf.) *to go out (of light), to fade*

выключать (imperf.) *to switch off*
волноваться (волнуется) (imperf.) *to worry*
проверить (perf.) *to check on*
махать (imperf.) *to wave*
отреагировать (отреагировал) (perf.) *to react*
воспользоваться (perf.) *to make the most of*
платить (платят) (imperf.) *to pay*
уважать (уважали) (imperf.) *to respect*
подслушивать (imperf.) *to eavesdrop*

Вопросы к тексту
Выберите один ответ на каждый вопрос

1) Лариса работает ____.
   a. архитектором
   b. директором
   c. художником
   d. начальником отдела

2) Лариса – это ____.
   a. молодая девушка
   b. женщина среднего возраста
   c. старая женщина
   d. маленькая девочка

3) Лучшего друга и подругу Ларисы зовут ____.
   a. Игорь и Василиса
   b. Алексей и Василиса
   c. Игорь и Елена
   d. Игорь и Татьяна

4) Её друзья считают, что Лариса ___.
   a. должна искать новую работу
   b. работает мало
   c. плохо знает свою работу
   d. работает слишком много

5) Лариса решает ___.
   a. искать помощь
   b. позвонить друзьям
   c. воспользоваться новой силой
   d. подслушивать незнакомых людей

Глава 2: Приключение

Лариса приехала в центр Нижнего Новгорода и поставила машину недалеко от Кремля. Она шла по центральным улицам. Никто её не видел. Это было невероятно! Она засмеялась и подумала: «Да, это удивительно!»

Она подумала о том, что она могла бы сейчас сделать. И никто бы не узнал! Она засмеялась. Теперь о ней уже не скажешь, что она обычная женщина!

Лариса вышла на Большую Покровскую улицу. Там находилось много интересных и красивых магазинов, где можно было купить много разных вещей.

Лариса вошла в один маленький магазин. Там было много народа. Люди её не видели, впрочем они могли чувствовать её прикосновение. Она должна быть осторожной. Она примерила разные браслеты, но ничего не взяла. Ей нравилось быть невидимой, но она не хотела воровать.

Лариса увидела новый магазин. Там была длинная очередь. Все ждали, когда они смогут войти и посмотреть этот новый магазин. Лариса смогла пройти и войти в магазин без очереди! Ей нравилось быть невидимой!

Лариса засмеялась. Потом она подумала о своих друзьях. Они, наверное, волновались. Она должна вернуться к ним. Но она хотела ещё кое-что сделать. Ей нравилось быть невидимой, и она хотела побывать в некоторых местах.

Она решила пойти в офис, к себе на работу! Она знала, что у начальника сегодня, в субботу, была важная встреча в офисе. Было бы интересно услышать, что он будет говорить. Особенно, когда он не знает, что Лариса рядом. Лариса побежала в офис. Вдруг она посмотрела наверх, но ... нет! Камеры наблюдения не засняли её! Она зашла в дверь вместе с каким-то сотрудником и вошла прямо в лифт. Она вышла на шестом этаже, где находился офис начальника.

Начальник разговаривал с советом директоров:
– Наши сотрудники работают очень хорошо. Они получают некий процент от нашей прибыли, но этого не достаточно. Это такая маленькая сумма! Нам нужно расширять бизнес, чтобы больше зарабатывать.

Лариса очень удивилась. Борис Сергеевич верил в своих рабочих! Он хотел им помочь!

– Я хочу привести вам один пример, – сказал Борис Сергеевич. – У меня есть сотрудница, её зовут Лариса. Она работает у нас уже 5 лет. Она очень хорошая работница, и она играет важную роль в своей команде. Всегда работает по многу часов и никогда не просит прибавки к зарплате. Я хотел бы платить Ларисе больше, но не могу, так как у нас в этом году была очень маленькая прибыль. Деньги, которые фирма заработала, нужны нам, просто чтобы фирма не стала банкротом. Необходимо как-то изменить ситуацию и расширить сферу деятельности фирмы.

– Ничего себе! Мой начальник только что всем рассказал, что я хорошая работница! Это отлично для моей карьеры! Но я совсем не понимаю, почему у фирмы малая прибыль. Антон работает над важным проектом строительства нового банка. Я знаю, что бюджет проекта огромный. Почему же прибыль от проекта такая небольшая?

Лариса решила узнать больше. И тот факт, что она невидимая, ей очень поможет! Она пошла в кабинет Антона. Антон работал в финансовом отделе фирмы. Лариса подумала: «Я же не буду ничего воровать! Я просто узнаю причину малой прибыли фирмы».

Антон начал работать в фирме только три года назад и мало общался со своими товарищами по работе. Лариса очень мало знала о проекте, над которым он работал. Она только знала, что он считался очень прибыльным.

На рабочем столе Антона Лариса легко нашла документы по проекту. Она начала читать их, но вдруг услышала, как начальник говорит с Антоном в коридоре:

– Антон, скажи мне. Я знаю, что ты работаешь над проектом строительства. Этот проект может быть **очень** прибыльным для **фирмы**, не пр**а**вда ли? – спро**с**ил начальник.

– Нет, наобор**о**т, – ответил Ант**о**н. – Бо**ю**сь, что **э**тот пр**о**ект **ф**ирме не пом**о**жет. Л**у**чше нам не подп**и**сывать **э**тот догов**о**р. Объ**ё**м пр**о**екта сл**и**шком больш**о**й, а у нас нет ни необход**и**мой инфраструкт**у**ры, ни необход**и**мых зн**а**ний. Мы не должн**ы** за нег**о** бр**а**ться.

Пок**а** Лар**и**са сл**у**шала их разгов**о**р, он**а** нашл**а** в докум**е**нтах Ант**о**на тот **с**амый пр**о**ект и прочит**а**ла о нём. Ант**о**н действ**и**тельно сд**е**лал все <u>расч**ё**ты</u> по **э**тому пр**о**екту. Но он говор**и**л непр**а**вду: **э**тот пр**о**ект был весьм**а** приб**ы**льным и ник**а**ких пробл**е**м с инфраструкт**у**рой н**е** было.

– Почем**у** Ант**о**н не х**о**чет бр**а**ться за **э**тот пр**о**ект? **Э**то **о**чень хор**о**ший пр**о**ект! Почем**у** он <u>лж**ё**т</u>? Не поним**а**ю! – под**у**мала Лар**и**са.

Тогд**а** Лар**и**са откр**ы**ла втор**у**ю п**а**пку и ув**и**дела письм**о**. Письм**о** б**ы**ло адрес**о**вано <u>конкур**и**рующей</u> фирм**е**! Не было сомн**е**ния, что Ант**о**н был **а**втором **э**того письм**а**. Лар**и**са б**ы**стро прочит**а**ла письм**о**. Из письм**а** стало **я**сно, что **А**нтон сообщ**и**л конкур**е**нтам о пр**о**екте. Но почем**у**?

Лар**и**са дочит**а**ла письм**о** и нашл**а** отв**е**т: **ч**ерез две нед**е**ли Ант**о**н начн**ё**т раб**о**тать в конкур**и**рующей фирм**е**!

– Н**а**до как-то сообщ**и**ть начальнику об **э**том. Но как? – спро**с**ила себ**я** Лар**и**са.

У Ларисы возникла идея. Все вещи, которые Лариса брала в руки, становились временно невидимыми. Она взяла папку с расчётами Антона и письмо от конкурирующей фирмы. Да, они оба стали невидимыми!

Лариса вошла в кабинет начальника и оставила бумаги на его столе. Начальник легко поймёт эти документы и то, что Антон хочет обмануть фирму.

– Отличный будет сюрприз для Бориса Сергеевича! – подумала она. – И для Антона!

Сразу же после этого Лариса решила вернуться домой. Она хотела увидеть мужа, узнать, чем он занимается, когда её нет дома. Лариса поехала домой на машине и очень тихо вошла в свою квартиру. Там она и нашла мужа. В последнее время они с мужем часто ссорились. Даже сегодня утром они поссорились, и он отказался ехать с ними на шашлыки. Они уже не были так счастливы, как раньше.

Когда Лариса вошла в гостиную, муж говорил по телефону. Было видно, что он очень волновался.

– Что с ним? – подумала Лариса.

– Вы уверены? Но я не понимаю... Нет-нет, она не могла просто уехать и никому ничего не сказать, – говорил Андрей.

Оказалось, что Андрей разговаривал по телефону с полицией. Вдруг Лариса поняла. Она пропала уже много часов назад, и Андрей очень волновался.

Андрей положил телефон на стол и начал нервно ходить по комнате.

Теперь Лариса поняла: Андрей очень любит её, и он страдает.

Лариса посмотрела на мужа. Теперь она поняла, что такое настоящая любовь. Ей так хотелось поговорить с ним об их проблемах. Но она не могла этого сделать, так как он не видел её и не слышал.

Лариса впервые поняла, что не так уж хорошо быть невидимой. И тогда она задумалась, как ей опять стать видимой?

Лариса не могла никому позвонить, потому что её никто не слышал. По той же самой причине она не могла никого попросить о помощи. Быть невидимой уже было не так весело.

– Надо найти тот предмет! Точно! – подумала она.

Лариса должна была снова взять шарик в руки.

Она села в машину и поехала по направлению к лесу, где остались её друзья. Уже был вечер, и на дорогах было немного машин. Вскоре она приехала туда, где они с друзьями жарили шашлыки. Но теперь там были не только её друзья, но ещё много народу. Десятки людей. Что происходит?

Приложение к главе 2

Краткое содержание

Лариса приезжает в центр Нижнего Новгорода, и ей нравится ходить по магазинам, когда никто её не видит. Затем она решает пойти в свой офис. Там её начальник говорит с советом директоров, и Лариса узнаёт, что прибыль фирмы очень мала. Один сотрудник, которого зовут Антон, работает над большим проектом. Лариса читает его бумаги по проекту и узнаёт, что он лжёт о проекте. Лариса решает оставить папку с расчётами и письмо на столе своего начальника. Потом Лариса возвращается домой и узнаёт, что её муж волнуется, потому что он не знает, где она. Она понимает, что он любит её. Теперь она опять хочет быть видимой.

Словарь

невероятно *unbelievable*
засмеяться (засмеялась) (perf.) *to laugh*
удивительно *amazing*
прикосновение *touch*
осторожный *careful*
примерить (примерила) (perf.) *to try on*
воровать (imperf.) *to steal*
камера наблюдения *security camera*
заснять (засняли) (perf.) *to record*
этаж *floor, story*
прибыль *profit*
расширять (imperf.) *to widen, to expand*

<u>зараб**а**тывать</u> (imperf.) *to earn*
<u>приб**а**вка</u> *salary raise*
<u>плат**и**ть</u> (imperf.) *to pay*
<u>расч**ё**т</u> *calculations*
<u>лг**а**ть</u> (лж**ё**т) (imperf.) *to lie*
<u>конкур**и**рующий</u> *rival*
<u>вр**е**менно</u> *temporary*
<u>обман**у**ть</u> (обман**у**л) (perf.) *to deceive*
<u>сс**о**риться</u>/<u>посс**о**риться</u> (imperf./perf.) *to argue*
<u>сч**а**стлив</u> *happy*
<u>ув**е**рен</u> *sure*
<u>проп**а**сть</u> (проп**а**ла) (perf.) *to go missing*
<u>страд**а**ть</u> (страд**а**л) (imperf.) *to suffer*
<u>в**е**село</u> *fun*

Вопросы к тексту

Выберите один ответ на каждый вопрос

6) Лар**и**са гул**я**ет _____.
   a. по Кремл**ю**
   b. в п**а**рке
   c. за г**о**родом
   d. по Больш**о**й Покр**о**вской **у**лице.

7) Лар**и**са реш**а**ет снач**а**ла пойт**и** _____.
   a. к себ**е** дом**о**й
   b. в **о**фис
   c. в центр г**о**рода
   d. в друг**о**й г**о**род

8) Антон, который тоже работает в фирме, ___.
   a. хочет купить фирму
   b. хочет, чтобы Лариса стала его женой
   c. лжёт по поводу одного проекта
   d. думает, что всем надо больше платить

9) Лариса оставила в кабинете у начальника ___.
   a. деньги и письмо
   b. письмо и папку
   c. только письмо
   d. только деньги

10) Чтобы перестать быть невидимой, Лариса
    думает, что ей надо ___.
    a. снова подержать шарик в руках
    b. разбить шарик
    c. унести шарик из леса
    d. поговорить с Антоном

Глава 3: Решение

Лариса вернулась в лес, где они с друзьями несколько часов назад жарили шашлыки. Теперь там было много народу и даже полиция. Почему они все здесь были? Наконец Лариса поняла, что они все там находились, так как искали её.

Елена и Игорь были в центре <u>толпы</u>. Лариса видела, как они говорили друг с другом около <u>потухшего</u> костра. На столе ещё оставались шашлыки и напитки.

Лариса посмотрела вокруг. В толпе находились члены семьи Ларисы и её друзья, а также полиция и <u>жители</u> Нижнего Новгорода, которые пришли на помощь. Даже Андрей уже приехал сюда.

– Лена, я просто не знаю, где она может быть, – сказал Игорь. – Мы же были здесь рядом!

– Не волнуйся, – ответила Елена. – Я уверена, что она может вернуться в любой момент. Но всё это очень странно.

– Да, Лена, это очень странно. Она пошла позвонить по мобильнику и вдруг <u>исчезла</u>.

– Я не понимаю, как это случилось, – сказала Елена. – Теперь я немножко боюсь за неё.

Лариса слушала разговор друзей. Ей стало <u>грустно</u>. Она не хотела, чтобы ни друзья, ни муж волновались. Она не хотела <u>тратить</u> время всех этих людей зря. Она решила опять пойти в лес, чтобы найти шарик. Она больше не хотела быть невидимой!

– Послушай, Лена! – продолжил разговор Игорь.
– Что?
– Ты помнишь тот странный предмет, который мы нашли?
– Да, помню, какой-то шарик.
– А вдруг это было что-то важное?
Елена посмотрела на Игоря. Она не понимала, что он имеет в виду.

Лариса не хотела, чтобы её друзья о чём-то узнали. Это просто <u>сумасшедшая</u> история. А теперь, может быть, Игорь догадался о том, что случилось. Лариса не знала, что ей делать. Она не могла поговорить с друзьями. Да, и кто бы послушал женщину-невидимку? Она просто хотела снова стать обычной. Что делать?

Игорь посмотрел на Елену и сказал:
– Давай пойдём посмотрим, что это за предмет. Может быть, это какой-то особенный шарик. Может, из-за этого шарика она и <u>исчезла</u>!
Елена посмотрела на Игоря и подумала: «Может быть, он прав?»

– Пойдём посмотрим, – сказал Игорь. – Ведь Лариса исчезла именно там, где лежал шарик.
– Ну, давай пойдём! – сказала Елена.
Друзья пошли в лес искать шарик.

– Нет! – подумала Лариса. – А если они найдут шарик и возьмут его!

Лариса побежала к тому месту, где был шарик. Ей надо было найти шарик первой.

Лариса добежала до места, где она нашла странный предмет. Она искала его под деревьями, но он исчез!

– Где он? Где же он? Он должен быть где-то здесь! – она продолжала искать шарик.

Лариса по-прежнему была невидимой. Игорь и Елена не могли её видеть, но она слышала их шаги – они приближались.

– Я должна его найти. Он должен быть здесь, – подумала Лариса.

Игорь и Елена по-прежнему говорили друг с другом. Они прошли рядом с Ларисой, и Игорь чуть не коснулся её плечом.

– Он должен быть где-то здесь, Лена. Я помню, что я его здесь бросил, – сказал Игорь.

– Посмотри там, под деревьями, – сказала Елена.

– Уже иду.

Лариса поняла, что осталось мало времени. Необходимо, чтобы она нашла шарик первой!

Игорь смотрел под деревьями. Вдруг он встал. Он нашёл шарик. Тот же шарик, который Лариса раньше держала в руках и из-за которого она стала невидимой.

Лариса стояла близко от Игоря и смотрела на шарик. Он не светился. Лариса не знала, важно это или нет. Ей нужно было просто придумать, как снова взять шарик в руки. Она так хотела снова стать видимой.

– Лена! Иди сюда! – сказал Игорь. Что случилось? – спросила Елена.

– Я его нашёл!

Елена прибежала к Игорю:

– Интересно, что это?

– Не знаю, – ответил Игорь. – Это какой-то круглый предмет, но я не знаю, для чего он нужен.

– Разве он может быть связан с <u>исчезновением</u> Ларисы? Я просто не верю, что это возможно.

– Да, ты права. Не знаю, как он может быть связан с Ларисой. Это просто какой-то шарик.

– Тогда положи его на место, – сказала Елена. – А теперь пойдём узнаем, нашла ли полиция какие-то следы.

Лариса <u>успокоилась</u>. Шарик остался под деревьями. Она хотела взять шарик в руки, но надо было дождаться, когда друзья уйдут. Она не хотела их <u>испугать</u>!

Лариса начала волноваться. А что, если ничего не случится, когда она возьмёт шарик в руки? Ей надо было узнать.

Игорь и Елена ушли искать Ларису. Другие люди тоже искали Ларису в лесу и в <u>окрестностях</u>. <u>Естественно</u>, её никто не мог найти. Лариса была всё время рядом, но никто не мог её видеть. Это была очень странная ситуация!

Когда все ушли, Лариса подошла к шарику. Она взяла его в руки. Сначала она ничего не почувствовала. Потом шарик начал светиться. Лариса почувствовала лёгкое <u>щекотание</u> во всём теле. Предмет снова светился.

– Наконец что-то происходит! – подумала Лариса.

Вдруг щекотание прекратилось, но шарик всё ещё светился.

– Ну, что, – подумала Лариса, – сработал план или нет?

Она узнала очень скоро. Лариса услышала крик:

– Лариса! – крикнули Елена и Игорь. – Это ты? План сработал! Игорь и Елена видели Ларису!

Лариса была так счастлива, что чуть не забыла о шарике. Потом вспомнила и выбросила этот странный предмет, который исчез, как только коснулся земли.

– Лариса! Ты здесь! Где ты была? – спросили Игорь и Елена.

Лариса не знала, что сказать:

– Я была… я была …

Лариса не знала, говорить ей правду или нет. Было бы так сложно объяснить всё, что случилось. Кто бы поверил, что она стала женщиной-невидимкой!?

Вдруг голос позвал из толпы:

– Лариса!

Это был её муж Андрей.

Андрей подошёл к Ларисе. Он крепко обнял её и поцеловал, а потом спросил:

– Где ты была? Мы все очень волновались!

– Я была… была… Я…

Ещё один голос позвал её из толпы.

– Лариса Ивановна, наконец-то Вы нашлись!

Это был её начальник. Он тоже был здесь! Потом она увидела, что много товарищей по работе стоят в толпе. Они все <u>беспокоились</u> о ней!

Ларису окружила толпа, и у всех был один единственный вопрос: где Лариса была весь день? Лариса подняла руку и начала говорить:

– Пожалуйста... Подождите минуточку!

Толпа затихла.

– Сначала, хочу <u>поблагодарить</u> вас всех, что вы так беспокоились обо мне. Конечно, вы хотите узнать, куда я делась. Ну, по-правде говоря...

Лариса не знала, что сказать. Сказать правду или нет? Если она скажет правду, они подумают, что она сумасшедшая.

Лариса сказала:

– По-правде говоря, ... я <u>потерялась</u>. Я говорила по мобильнику и не смотрела, куда иду. Я долго шла, потом услышала вас и смогла найти дорогу назад. Я просто потерялась.

Лариса продолжала:

– Спасибо всем! А теперь мне просто хочется пойти с мужем домой.

Лариса пошла к машине с Андреем, а Игорь и Елена крикнули:

– А твоя машина? Её здесь раньше не было. И мы нашли какой-то странный шарик в лесу. Что это было?

Лариса знала, что ей придётся ответить на вопросы друзей, но не сейчас. Теперь она хотела вернуться домой с мужем. Самым важным было то, что она узнала, что у неё добрые друзья, <u>честный</u> начальник и любящий муж. Она также поняла, что быть обычной женщиной – не так уж плохо!

Приложение к главе 3

Краткое содержание

Лариса возвращается в лес. Там много знакомых и друзей ищут её. Она подслушивает разговор Игоря с Еленой. Они думают, что странный шарик может быть связан с исчезновением Ларисы. Потом они решают, что нет никакой связи. Лариса берёт шарик в руки и становится видимой. Все очень рады, что Лариса нашлась, но у них есть много вопросов. Лариса пока решает не отвечать на вопросы. Она просто хочет опять стать обычной женщиной.

Словарь

толпа *crowd*
потухший *faded*
житель (m.) *inhabitant*
исчезнуть (исчезла) (perf.) *to disappear*
грустный *sad*
тратить (imperf.) *to spend, to waste*
сумасшедший *crazy*
по-прежнему *as before, still*
светиться (светился) (imperf.) *to shine*
придумать (perf.) *to think up*
исчезновение *disappearance*
успокоиться (успокоилась) (perf.) *to calm down*
испугать (perf.) *to frighten*
окрестность (f.) *surrounding*
естественно *naturally*
щекотание *tickling*
крик *shout*
крепко *affectionately*

поцеловать (поцеловал) (perf.) *to kiss*
беспокоиться (беспокоился) (imperf.) *to worry*
поблагодарить (perf.) *to thank*
потеряться (потерялась) (perf.) *to get lost*
честный *honest*

Вопросы к тексту
Выберите один ответ на каждый вопрос

11) В лесу Лариса слышит, как разговаривают
    друг с другом ___.
    a. её начальник и её муж
    b. её начальник и Игорь
    c. её муж и Елена
    d. Игорь и Елена

12) Её друзья хотят ___.
    a. вернуться домой
    b. найти странный предмет
    c. позвонить в полицию
    d. позвонить Андрею

13) Лариса хочет ___.
    a. бросить шарик
    b. найти шарик раньше друзей
    c. разбить шарик
    d. подслушивать, что полиция говорит

14) Лариса берёт шарик в руки, ___.

    a. и она опять становится видимой
    b. но она по-прежнему остаётся невидимой
    c. и ей становится страшно
    d. ничего не происходит

15) Когда Лариса говорит со всеми, она решает
    ___.

    a. сказать правду
    b. сказать, что она потерялась в лесу
    c. сказать, что она была в Нижнем Новгороде
    d. ничего не объяснять

Капсула

Глава 1: Капсула

Не одно столетие прошло с тех пор, как первый человек <u>отправился</u> на другие планеты. Нам надо было пространство. Мы хотели свободы. И тогда мы колонизировали больше миров, один за другим.

Сначала было <u>благополучие</u> и огромный успех. Различные миры сотрудничали. Они <u>зависели</u> друг от друга. Они были группой. Они создали межпланетные законы и даже структуру межпланетных судебных органов. Существовали разные политические партии; и каждая планета была отдельной республикой.

Потом всё <u>изменилось</u>. Население планет быстро росло. Из-за этого каждой планете нужно было больше продуктов, больше материалов. Каждая планета хотела всего для себя. Из-за этого начались все проблемы.

Войны были повсюду. Альянсы <u>рушились</u>. Планеты <u>воевали</u> друг с другом. Воевали за землю, власть и новое оружие. Было много разных сторон. <u>Менялись</u> политические союзы. В конце концов, возникли две <u>могущественные</u> империи.

Они были самыми большими из когда-либо существовавших: Империя Землян и Империя Калькианцев. Обе империи хотели иметь все ресурсы всех планет.

У землян была база на Земле. Их правительство и столица находились в Париже. Политические чиновники встречались во дворце. Дворец был очень большим, белым зданием. Это был не дворец, а целый город. Там чиновники обсуждали законы, экономику и энергетику империи.

Императором Землян был старый генерал по имени Валиор. Его избрали много лет тому назад. Он командовал во многих войнах, и земляне почти всегда побеждали. Он был императором, готовым на всё ради победы.

Однажды Валиор разговаривал во дворце со своими министрами.
– Мы должны остановить сражения, – сказал он. – Экономике нашей империи войны не по карману. Это самый ужасный период в истории империи. Нашим городам нужны дороги. Нашим людям нужны продукты, а не военные действия.

И тут заговорил человек по имени Алдин, самый лучший министр Валиора.
– Ваше Императорское Величество, – сказал он, – калькианцы продолжают нас атаковать. Мы должны защищаться. Мы не можем просто сидеть и ничего не делать.

– Я согласен, но мы всё-таки можем кое-что сделать. Я уже сделал нечто такое...

Внезапно за дверью послышался громкий шум. Дверь открылась. В комнату вошёл солдат императорской армии. Он держал женщину. Она отбивалась и кричала:

– Отпусти меня! Я с новостями к императору! Отпусти меня!

Лицо императора Валиора изменилось.

– Что происходит? Я веду встречу, – сказал он.

– Извините, Ваше Императорское Величество, – сказал солдат. – Эта женщина хочет поговорить с Вами. Она говорит, что это важно.

– Хорошо. Пусть говорит! В чём дело?

Женщина не знала, как начать. Она никогда прежде не разговаривала с императором. Она начала говорить медленно:

– Мой... мой... мой великий император, я должна Вам кое-что сказать...

– Что именно? – спросил император. – Быстро говори! У меня очень важная встреча!

– Капсула приземлилась на моей ферме, Ваше Величество.

– Капсула? Какая капсула?

– Космическая капсула. Я считаю, что это капсула калькианцев, Ваше Величество.

– Откуда ты знаешь, что это калькианская капсула?

– От мужа. Он сражался с ними. Он часто рассказывал мне о войнах.

Министры и император ни слова не сказали. Наконец Алдин спросил:

– Опять атака? Они атакуют столицу?

– Нет, нет, Ваше Величество, – сказала женщина. – В капсуле нет оружия. Но есть кое-что другое.

– А что есть в капсуле, если не оружие? – спросил император. Он посмотрел на министров и добавил. – Что может быть внутри?

– Не знаю, – ответила женщина. – Я боялась посмотреть.

Император посмотрел на своих солдат. Он приказал им пойти с женщиной. Нужно было быстро доехать до её фермы!

Солдаты с женщиной сели в машину. Император сказал, чтобы Алдин поехал с ними. Сам император продолжил разговор с остальными министрами.

По пути Алдин хотел побольше узнать о женщине. Он видел, что она продолжала волноваться, поэтому он спросил тихим голосом:

– Как тебя зовут?

– Меня зовут Кира, – сказала женщина. Больше она ничего не сказала.

Алдин сказал таким же тихим голосом:

– Кира – красивое имя. Ты фермерша?

– Да, моя ферма – это всё, что у меня осталось.

– Разве у тебя нет мужа?

– Мой муж погиб на войне.

Алдин решил поменять тему и спросил:

– Как выглядит капсула?

– Будет лучше, если Вы увидите капсулу своими глазами.

– Хорошо, – сказал Алдин и решил больше ничего не спрашивать.

Они приехали на ферму Киры. Алдин и Кира вышли из машины и подошли к капсуле, а солдаты остались в машине. На земле вокруг капсулы было много следов. Капсула лежала на <u>боку</u>. Она была открыта.

– Ты же сказала, что ты не смотрела в капсулу! – сказал Алдин.

– Извините, пожалуйста! Я сказала неправду. Я не хотела ничего говорить до тех пор, пока кто-то другой не увидит этого.

– Не увидит чего?

– Посмотрите!

Алдин подошёл к капсуле. Сначала он ничего не увидел. Потом он увидел, что в капсуле лежит девочка.

– Это ребёнок! Ребёнок! – Алдин с <u>удивлением</u> посмотрел на Киру.

– Да! Вот почему я не хотела входить в капсулу... Я также ничего ей не сказала. Я не знала, что делать. Я хотела найти врача, но...

– Эта девочка без сознания. Ей нужна помощь! – сказал Алдин. Он побежал к машине. Он сказал солдатам, чтобы они поехали в столицу. Им нужно было найти врача. Затем Кира и Алдин осторожно подняли лёгкое тело девочки и внесли её в дом Киры. Они положили её на кровать.

Прошёл час, а девочка всё ещё была без сознания. Она всё ещё не могла говорить. Наконец Алдин оставил её в комнате одну. Вместе с ним из комнаты вышла Кира.

– Скажи мне, – сказал Алдин, – ты знаешь что-нибудь ещё о капсуле?

– Нет... но это калькианская капсула, не так ли? – спросила Кира.

– Да, – ответил Алдин.

– А девочка? – спросила Кира.

– Она, кажется, калькианка.

– Но зачем она сюда прилетела? Зачем они прислали нам ребёнка?

– Не знаю, – ответил Алдин. – Она всё ещё не может говорить. Как только она заговорит, возможно, она сможет рассказать нам, кто она.

– Она действительно путешествовала в космосе?

– Кажется, так. Скорее всего, она находилась на большом космическом корабле, а потом её положили в капсулу и оставили недалеко от Земли. Капсула, наверное, сама приземлилась здесь.

Наконец, они услышали машину. Приехала помощь. Врачи вошли в дом. Они хотели сейчас же осмотреть девочку. Алдин и Кира ушли на кухню.

– Кира, у тебя есть дети? – спросил Алдин.

– Нет. Мы с мужем хотели детей. Мы пытались, но потом началась война и...

– Извини, пожалуйста, Кира. Я просто не подумал, – сказал Алдин.

– Всё в порядке, – сказала Кира, но Алдин понял, что лучше ему больше ничего не говорить.

Алдин посмотрел вокруг себя. Здесь, на кухне, ему было хорошо. Ему нравился весь дом. Тут было чисто и просто. Это был дом женщины, которая жила одна. Он снова посмотрел на Киру. Она уже долго смотрела на него.

– Ты хотела спросить меня о чём-то, Кира? – спросил он.

– Да, – ответила Кира.

– Ну, давай. Спрашивай!

– Что Вы сделаете с девочкой?

Сначала Алдин ничего не сказал. Наконец он сказал ей правду:

– Я не знаю. Мы даже не знаем, почему она здесь.

Вдруг один из врачей вошёл в кухню.

– Девочка в сознании! Она может говорить!

Приложение к главе 1

Краткое содержание

Две империи воюют: Империя Землян и Империя Калькианцев. Император землян встречается со своими министрами. Вдруг в зал входит женщина. Она говорит, что на её ферме приземлилась калькианская капсула. Алдин, один из лучших министров императора, едет на ферму с женщиной и солдатами. Он хочет увидеть капсулу. В капсуле он находит девочку. Сначала девочка без сознания. Затем она приходит в себя.

Словарь

отправиться (отправился) (perf.) *to set off*
благополучие *well-being, prosperity*
зависеть (зависели) (imperf.) *to depend*
меняться/измениться (imperf./perf.) *to change*
могущественный *powerful*
рушиться (рушились) (imperf.) *to break*
воевать (воевали) (imperf.) *to fight*
землянин *Earthling*
калькианец *Kalkian*
чиновник *civil servant*
столица *capital*
дворец *palace*
обсуждать (обсуждали) (imperf.) *to discuss*
избрать (избрали) (perf.) *to elect*
Ваше Императорское Величество *Your Imperial Highness*
кое-что *something*
шум *noise*
отпустить (отпусти) (perf.) *to let go*

<u>сердиться</u> (сердился) (imperf.) *to become angry*
<u>приземлиться</u> (приземлилась) (perf.) *to land*
<u>волноваться</u> (imperf.) *to worry*
<u>погибнуть</u> (погиб) (perf.) *to perish, to die, to get killed*
<u>след</u> *trace*
<u>бок</u> *side*
<u>удивление</u> *surprise*
<u>осторожно</u> *carefully*
<u>прислать</u> (прислали) (perf.) *to send*
<u>путешествовать</u> (путешествовала) (imperf.) *to travel*
<u>космический корабль</u> (m.) *spaceship*

Вопросы к тексту
Выберите один ответ на каждый вопрос

1) Идёт война между ____.
   a. Алдиным и императором Валиором
   b. землянами и мужем Киры
   c. землянами и калькианцами
   d. Кирой и императором Валиором

2) Император встречается ____.
   a. с Алдиным и калькианцами
   b. со своими министрами
   c. с Кирой и её мужем
   d. девочкой и Алдиным

3) Кира говорит императору, что ____.
   a. у неё дома есть девочка
   b. у неё на ферме есть капсула
   c. её муж погиб на войне
   d. Алдин должен прийти к ней домой

4) Сначала девочка ____.

   a. говорит Алдину о своей планете
   b. не хочет говорить, потому что она боится
   c. говорит, что хочет вернуться домой
   d. не может говорить, потому что она без сознания

5) Алдин думает, что дом Киры ____.

   a. чистый и простой
   b. огромный и некрасивый
   c. огромный и чистый
   d. слишком далеко от дворца

Глава 2: Девочка

Алдин немного волновался. Девочка была в сознании. Кто-то должен был с ней поговорить. Он был министром императора, поэтому ему пришлось говорить с ней. Он посмотрел на Киру. Они оба вошли в спальню, где лежала девочка, и сели на кровать.

Девочка волновалась. Она не знала, где она. Наконец она спросила:

– Где я?

Затем она осмотрела комнату, увидела солдат и вдруг очень <u>испугалась</u>. Она начала <u>кричать</u> и попыталась выбежать из комнаты.

– <u>Успокойся</u>, – сказала ей Кира.

Но девочка продолжала кричать и начала <u>плакать</u>. Она хотела уйти, но солдаты стояли у двери, и она поняла, что ей не уйти. Один из солдат поднял её и осторожно положил на кровать. Девочка успокоилась.

– Кто вы? – спросила она. Она говорила довольно хорошо по-русски.

– Привет, – сказал Алдин. – Меня зовут Алдин, а это Кира. Мы земляне.

Один из врачей вошёл в комнату. Он осторожно осмотрел ребёнка. Ей было всего 12 или 13 лет. Она казалась очень здоровой. Врач дал девочке таблетку, чтобы ей легче было успокоиться. Затем он рассказал Алдину и Кире, что они должны делать для неё.

– Спасибо, доктор. Всё поняли, – сказал Алдин, тогда врач ушёл.

Алдин снова заговорил с девочкой:
– Как ты себя чувствуешь?
– Я чувствую себя хорошо, – сказала она. Казалось, что она не доверяет им.
– Мы не причиним тебе вреда, – сказал Алдин. Девочка всё ещё боялась. Она не ответила.

Тогда Кира попробовала:
– Дорогая – сказала она , – скажи мне, как тебя зовут.
– Меня зовут Маха, – сказала девочка тихим голосом.
– Всё в порядке, Маха. Меня зовут Кира. А это Алдин. Ты у меня дома. Тебе было плохо. Мы заботились о тебе.

– Я нахожусь в вашей столице? – спросила Маха.
– Нет, но столица находится недалеко отсюда, – ответил Алдин.

Девочка посмотрела в окно. Уже было поздно, и кроме нескольких деревьев и полей, она почти ничего не увидела.

– Это место не похоже на город, – сказала она с удивлением.

– Ты находишься близко к столице, но не в самой столице, – объяснил Алдин. – Император живёт достаточно далеко отсюда.

Когда девочка услышала слово «император», она снова испугалась:

– Я не хочу возвращаться домой! – вдруг сказала она.

Алдин удивился. Почему ребёнок не хочет вернуться домой? Почему она сказала это именно сейчас? Что-то странное происходило. Он решил узнать больше.

– Почему ты не хочешь вернуться домой? – спросил он.

– Мне больше не нравятся калькианцы.

– Тебе не нравятся калькианцы! – повторил Алдин. Это показалось ему очень странным. Земляне знали очень мало о калькианцах. Они не знали, что калькианцы ели и как они жили. Они только знали, как сражаться с калькианцами. И они много знали о калькианском оружии. Алдину понадобится больше информации, чтобы понять сутуацию.

– Что ты имеешь в виду? – спросил он.

– Я больше не люблю планету Калькия. Я больше не хочу там жить.

– А почему?

– Во-первых, моя семья никогда не бывает дома.

– Неужели? А что ещё?

– Они игнорируют меня. Они не проводят времени со мной. Я для них не важна.

– Значит, твоя семья игнорирует тебя? – спросил Алдин.

– Да. Они уже давно не общаются со мной.

– И поскольку ты была одинока, ты прилетела сюда? – спросила Кира.

– Да. Мой отец всегда занят. Он всегда работает над общественными проблемами нашей планеты. Он интересуется наукой и политикой, но не интересуется мной. Моя мать тоже занята. Она всегда занята поддержанием своих высоких стандартов. И она всё время путешествует. Мне приходится оставаться дома с моими опекунами.

– А кто они, эти опекуны?

– Они работают на моего отца. Он им платит, чтобы они заботились обо мне. Я не знаю их, и мне не нравится быть с ними.

Теперь Алдин понял, что девочка убежала из дома.

– Минуточку, Маха. Ты хочешь сказать, что ты покинула дом? Ты убежала из дома?

Девочка посмотрела вниз. Казалось, что она смутилась.

– Да, – сказала она тихим голосом.

Алдин встал. Он посмотрел на девочку:

– Извините. Мне нужно выйти.

Алдин вышел из дома. Кира пошла за ним. Алдин тяжело вздохнул. Он стоял и смотрел на красивую ферму Киры. Он думал. Что-то в рассказе девочки смущало его, но он не знал что именно.

– О чём Вы думаете, Алдин? – спросила Кира.

– Что-то здесь не так.

– Что Вы имеете в виду?

– Эта девочка убежала из дома. Она должна была прилететь сюда на космическом корабле. Она не могла сама управлять космическом кораблём. Ей всего 13 лет.

– Я поняла! – сказала Кира. – Наверное, кто-то ей помог.

– Да. Но кто?

– Пойдём узнаем.

Они вернулись в дом.

Они вошли в спальню.

– Привет! – сказала Маха.

– Привет, – сказал Алдин и улыбнулся.

Она посмотрела прямо в глаза Алдину и решительно сказала:

– Я не хочу возвращаться домой. Я хочу остаться здесь.

– А почему ты хочешь остаться здесь? – спросил Алдин.

– Как я уже сказала, мне не нравятся мои опекуны.

– Я тебе не верю, – спокойно сказал Алдин.

– Почему? Это правда!

– Да. Но есть ещё кое-что, не так ли?

Маха вздохнула и ответила:

– Да.

– Я так и знал! – сказал Алдин.

– Мы проигрываем войну. У калькианцев нет еды. Многим негде жить. Калькианцы сильно страдают.

Алдин сел рядом с Махой на кровать. Он посмотрел на неё и сказал:

– Тебе можно остаться здесь на некоторое время, но тебе надо понять, что наши миры воюют друг с другом.

– Я это знаю, – быстро сказала она. – Мне тринадцать лет, а не шесть!

Алдин улыбнулся и сказал:

– Тогда ты понимаешь! Из-за того, что ты здесь находишься, могут произойти серьёзные события. На мировом и межпланетном уровне.

– Да. Я знаю. Но они до сих пор не знают, где я! – сказала Маха. – Мне просто нужно подождать несколько дней. Тогда я смогу уехать отсюда.

Кира посмотрела на Алдина так, будто хотела что-то спросить глазами. Он понял. Пришла пора узнать, как прилетел сюда ребёнок. Алдин сказал:

– Маха, нам нужно, кое-что узнать.

– Что именно?

– Ты не приехала сюда одна. Ты слишком мала, чтобы путешествовать по космосу без помощи.

Маха подняла глаза. Затем она тихо сказала:

– Вы правы, я не умею управлять космическим кораблём.

– Кто тогда?

– Я не могу этого вам сказать.

Алдин был очень терпелив. Он уже так много лет общался с разными людьми и знал, что не стоит сердиться.

– Маха, нам нужно узнать, кто тебе помог. Если мы этого не узнаем, мы не сможем помочь тебе.

Она молчала некоторое время. Потом она начала говорить:

– Это... это ...

– Не волнуйся. Ты в безопасности, – тихо сказала Кира.

Маха посмотрела на них. Потом она сказала:

– Валиор, ваш император, помог мне прилететь сюда.

Алдин быстро встал с кровати. Он посмотрел на Маху, и было видно, что он волнуется. Затем он посмотрел на Киру, а солдаты смотрели друг на друга.

– Валиор? – спросил Алдин. – Этого не может быть!

Маха снова посмотрела вниз и сказала:

– Да, может. Несколько недель назад я получила от него сообщение. Он сказал, что знает, что я хочу уехать. Он хотел мне помочь. Его шпионы нашли меня.

– Шпионы?

– Да, на нашей планете есть много шпионов-землян. Это была секретная операция.

Алдин положил руку себе на голову и несколько минут ни слова не говорил.

– Я не могу поверить в это! – наконец сказал он.

Через некоторое время Маха снова заговорила:

– На самом деле... есть ещё кое-что, чего я вам не сказала...

Алдин посмотрел на Маху. Итак, император помог калькианскому ребёнку. Он просто не мог понять почему. Что ещё может им сказать эта девочка? Наконец он спросил:

– Что ты хочешь сказать?

Маха посмотрела ему в глаза и сказала:

– Мой отец...

– Что насчёт твоего отца? – тихо спросил Алдин.

– Мой отец — император калькианцев.

Приложение к главе 2

Краткое содержание

Маленькая девочка из капсулы приходит в сознание. Врач осматривает девочку и говорит, что всё в порядке. Девочка начинает говорить. Её зовут Маха. Она калькианка. Ей 13 лет. Сначала Маха говорит, что она убежала из-за своих родителей. Потом она говорит, что есть другая причина. Калькианцы страдают из-за войны. Затем Алдин спрашивает, как Махе удалось прилететь на Землю. Наконец она говорит ему, что император Валиор помог ей, а также что её отец – калькианский император.

Словарь

удивиться (удивился) (perf.) *to be surprised*
испугаться (испугалась) (perf.) *to be frightened*
кричать (imperf.) *to shout*
успокоиться (успокойся) (perf.) *to calm down*
плакать (imperf.) *to cry*
доверять (доверяла) (imperf.) *to trust*
причинять вред (imperf.) *to harm*
заботиться (заботились) (imperf.) *to look after*
столица *capital*
занят *busy*
поддержанием *maintenance*
опекун *guardian*
платить (платит) (imperf.) *to pay*
убежать (убежала) (perf.) *to run away*
покинуть (покинула) (perf.) *to leave*
смутиться (смутилась) (perf.) *to be embarrassed*
вздохнуть (вздохнул) (perf.) *to sigh*

смущать (imperf.) *to embarrass*
прилететь (прилетел) (perf.) *to fly in*
управлять (imperf.) *to control*
улыбнуться (улыбнулся) (perf.) *to smile*
проигрывать (проигрываем) (imperf.) *to lose*
страдать (страдают) (imperf.) *to suffer*
терпеливый *patient*
общаться (imperf.) *to mix, to socialize*
шпион *spy*

Вопросы к тексту

Выберите один ответ на каждый вопрос

6) Сначала Маха ___.

a. не говорит

b. **о**чень волнуется

c. мн**о**го говорит

d. х**о**чет поговор**и**ть с отц**о**м

7) Маха объясняет, что ___.

a. он**а** убеж**а**ла из д**о**ма

b. ей б**ы**ло хорош**о** д**о**ма

c. он**а** потер**я**лась

d. он**а** не зн**а**ет, где нах**о**дится её дом

8) Маха также говорит, что ___.

a. семь**я** **о**чень л**ю**бит её

b. он**а** не зн**а**ет, кто её род**и**тели

c. он**а** **о**чень л**ю**бит сво**и**х опекун**о**в

d. он**а** с**е**рдится на сво**и**х род**и**телей

9) Когда Алдин спрашивает, кто ей помог, Маха
   отвечает, что ____.
   a. ей помог калькианский император
   b. ей помог её отец
   c. ей помогли шпионы с Земли, которых послал
      сам Валиор
   d. ей помогли калькианские шпионы

10) Самая большая проблема, связанная с
    девочкой, это то, что ____.
    a. она испугана
    b. она дочь калькианского императора
    c. она шпионка с планеты калькианцев
    d. она хочет вернуться домой

Глава 3: Истина

Алдин посмотрел на Маху. Он не мог в это поверить. Она была дочерью калькианского императора! Девочка могла бы вызвать всемирный хаос, ещё больше сражений! И всё из-за того, что ей было одиноко? Из-за того, что она думала, что император Земли понял её проблемы? Что она сделала?!

Тут Алдин что-то понял, понял что-то очень важное. Эта девочка не несла ответственности за создавшуюся ситуацию. Она даже не понимала, что она сделала. Она просто знала, что ей грустно. А помог ей человек по имени Валиор. Он был проблемой. Сам император! Из всех людей! О чём он думал? Неужели он пытался вызвать новую войну? Алдину надо было узнать, что происходит.

Алдин покинул дом Киры, сел в машину и поехал в центр столицы. Едва он приехал в столицу, он сразу отправился во дворец. Ему нужно было поговорить с императором. Он подошёл к кабинету императора. Вдруг его остановил солдат.

– Вам запрещено входить в кабинет императора, – сказал солдат.

Алдин удивился. Ему нужно было поговорить с императором Валиором.

– Запрещено? Ты знаешь, кто я? Я министр! – сказал Алдин.

– Это приказ императора, – сказал солдат.

Что делать дальше? Алдин подумал. Ему было необходимо поговорить с императором, но, видимо, император этого не хотел. Валиор всегда говорил, что Алдин очень умный, но не очень сильный. Пришло время изменить мнение императора. Вдруг Алдин забрал у солдата оружие и ударил его по голове. Удар был сильным, и солдат сразу упал на пол. Алдин вошёл в кабинет, где император сидел в кресле. Остальные солдаты быстро попытались остановить Алдина, но император сказал:

– Хватит. Пусть говорит Алдин.

Солдаты остановились. Они не доверяли Алдину.

– Вы меня слышали! – крикнул Валиор солдатам. – А теперь убирайтесь из моего кабинета!

Солдаты ушли. В комнате стало тихо. Кабинет императора был очень большим и красивым и находился на верхнем этаже дворца. Отсюда была видна вся столица. Был поздний вечер, и император выглядел очень усталым.

– Алдин, что тебе нужно? – вздохнул он.

– Почему Вы мне ничего не сказали о ребёнке?

– О каком ребёнке?

– Ваше Величество, я не глуп.

Валиор остановился, потом сказал:

– Хорошо. Будем говорить откровенно. Что именно ты хочешь знать?

– Почему дочь калькианского императора находится у нас в столице? Зачем Вы это сделали? Мы же договорились не вовлекать детей. Использование этой девочки идёт в разрез с междупланетными законами!

Валиор крикнул:

– Мы не можем проиграть эту войну! Это идёт в разрез с политикой нашей империи.

Алдин посмотрел на Валиора. Затем он тихо спросил.

– Почему Вы мне ничего не сказали?

– Я ничего не сказал тебе по одной причине.

– По какой?

– Ты бы не одобрил моего решения. Мне пришлось принять необходимые меры.

Алдин согласился. Конечно, он бы не захотел, чтобы ребёнок участвовал в войне. Это было бы неправильно.

– Что вы собираетесь с ней делать? – спросил Алдин.

– С Махой? Мы позаботимся о ней! Она всего лишь ребёнок, – ответил император.

Алдин ему больше не доверял.

– Я не это имел в виду, – продолжил он. – Я имею в виду, что произойдёт, когда калькианцы узнают, что она здесь находится. Я надеюсь, ей не причинят вреда.

– Все твои вопросы очень хороши, – спокойно сказал император.

Алдин смотрел на императора. Он ждал ответа.

Император сказал:

– Калькианцы знают, что Маха убежала. Они знают, что её космический корабль покинул их планету. Но они не знают, где находится её корабль сейчас. Они также не знают, что шпионы с Земли помогли ей убежать. Значит, они ничего не знают.

Император посмотрел на Алдина, и Алдин спросил:

– А если они узнают, что Вы помогли ей?

– Это невозможно, чтобы они узнали об этом. Мои шпионы им этого не скажут. А никто другой об этом не знает... кроме тебя и нескольких моих солдат.

Алдин задумался. Затем он спросил:

– Но зачем?

Он просто не мог понять рассуждений императора. Он спросил:

– Зачем вовлекать маленького ребёнка? Зачем отбирать её у родителей?

– Пойми, её отец – император калькианцев, – ответил Валиор.

Император взглянул на Алдина, как на глупого, и сказал:

– Разве ты не видишь, как это может нам помочь? – подвёл он итог. – Теперь у нас есть дочь императора. Она на нашей планете. Мы можем использовать её, чтобы начать переговоры или получить больше власти.

Валиор остановился. Он ожидал реакции от Алдина, но никакой реакции не последовало. Император продолжал говорить:

– Ты понимаешь? Мы можем использовать её, чтобы получить то, чего мы хотим. Император калькианцев теперь в наших руках. И всё из-за того, что его глупая маленькая девочка думала, что все её игнорируют! – Валиор рассмеялся. Это был смех человека с холодным сердцем.

Алдин внимательно посмотрел на императора. Этот человек был лидером его империи. Человеком, которому Алдин всегда доверял. Человеком, который всегда был так важен для Алдина. Но теперь Алдин почувствовал отвращение к нему. Валиор использовал маленького ребёнка, чтобы получить то, чего хотел. Это было просто неправильно.

Алдин улыбнулся и сказал:

– Теперь я очень хорошо всё понимаю, Ваше Императорское Величество.

Он повернулся и вышел из кабинета императора. Он быстро прошёл по улицам столицы. Ему не нравилось то, что происходит. Ему это совсем не нравилось. Но он не мог этого показывать. Если император узнает, что Алдин против него, Алдина убьют. Сейчас только один человек мог помочь Алдину, и ему нужно было поговорить с ней.

Алдин взял правительственный автомобиль и уехал. Он ехал так быстро, как только мог. Он приехал на ферму Киры и подошёл к дому. Дверь была открыта, поэтому Алдин крикнул:

– Кира! Ты здесь?

Кира подошла к двери:

– Да, я здесь, Алдин, – ответила она. – Чего Вам нужно?

– Маха всё ещё здесь? – спросил Алдин.

– Да. Они пока не отвезли её в столицу.

– Хорошо, – сказал Алдин.

– Но машина скоро приедет, – добавила она.

– Значит, у нас меньше времени, чем я думал. Надо спешить, – добавил он. – Пойдём к ней.

Они вошли в спальню. Алдин посмотрел на девочку. Она мирно спала.

– Нам надо уехать, – сказал он.

– Уехать? Куда? – спросила Кира. Она ничего не понимала.

Алдин осмотрелся. Он никого не увидел.

– Где солдаты?

– Уже поздно, – сказала Кира. – Они ушли отдыхать.

– Отлично, – сказал Алдин. – Теперь у нас возникла возможность, Кира.

– Возможность? Какая возможность? – спросила Кира.

– Возможность увезти Маху.

Кира посмотрела на него. Затем она села. Она посмотрела на Маху. Девочка в первый раз выглядела хорошо.

– Вы хотите увезти Маху из этого города? – спросила Кира.

– Нет, я хочу увезти её с этой планеты.

– Что? – не понимала Кира. – Зачем?

– Маха просто запуталась. Эта одинокая маленькая девочка просто запуталась. Император Валиор заманил её сюда. Он хочет использовать её. Он хочет использовать Маху, чтобы выиграть войну.

Алдин рассказал Кире о планах императора Валиора. Кира просто не могла в это поверить.

– Ты понимаешь, в какой мы ситуации? – спросил Алдин. – Я не хочу, чтобы они причинили вред Махе. Нам нужно вернуть её на её планету.

– Нам? – спросила Кира.

– Да. Нам нужно увезти её на планету калькианцев. Мы должны вернуть девочку её родителям. Я не могу сделать это один, Кира. Мне нужна твоя помощь.

Кира подумала. Она посмотрела на девочку. Затем она посмотрела в окно на свою ферму. Наконец она посмотрела на Алдина и сказала:

– Мне нечего терять.

Они перенесли Маху в машину Алдина и поехали. Они много часов ехали, пока не добрались до ближайшей космической станции, которая находилась далеко от столицы. Маха проспала всю дорогу. Когда они приехали, Кира и Алдин вынесли Маху из машины. Они подошли к ближайшему космическому кораблю. Алдин поговорил с одним из охранников. Он сказал охраннику, что они едут по тайному правительственному делу. Охранник сказал, что он никому ничего не скажет. Итак, они улетели без проблем.

Когда они уже летели, Маха сердито посмотрела на Алдина и Киру, но ни слова не сказала. Она знала, что она ничего не могла сделать в данной ситуации. Алдину стало <u>жаль</u> её. Но он знал, что поступил правильно.

Космический полёт занял несколько дней. Космический корабль приблизился к планете калькианцев. Алдин сказал по радио:

– Это корабль землян 12913. Мне надо поговорить с императором калькианцев. Я министр Алдин с Земли.

Вдруг по радио они услышали голос:

– Почему Вы хотите поговорить с нашим императором?

– На борту нашего корабля его дочь.
Радио замолчало.

Вскоре Алдин услышал компьютерное <u>предупреждение</u>. Приближались калькианские космические корабли. Они ждали возле космического корабля Алдина.

Вдруг они услышали незнакомый голос по радио:

– Отдайте нам Маху или вы умрёте!

– Вы не убьёте нас! – сказал Алдин.

– Почему вы так думаете?

– Я хочу поговорить с императором, – ответил Алдин, – прямо сейчас!

Радио опять замолчало.

Наконец они услышали новый, волевой голос по радио:

– Я император калькианцев. Отдайте мне мою дочь, а я подарю вам жизнь.

– Мы отдадим Вам Маху. Мы отдадим Вам её при одном условии, – ответил Алдин.

– При каком условии?

– Мы хотим мира. Должен быть заключён мир между Землёй и планетой калькианцев.

Император молчал несколько минут:

– Почему я должен вам верить?

– Потому что мы привезли Вам Вашу дочь. Потому что я знаю, что Вы больше не можете вести войну. Потому что я знаю, что война была трудной для Вас и Ваших граждан. Подумайте об экономических проблемах. Подумайте о калькианцах. Пора положить конец этой войне.

Радио молчало. Наконец они опять услышали голос императора, но он больше не сердился:

– Согласен, – тихо сказал великий император. – Отдайте мне мою дочь, и будет мир.

Приложение к главе 3

Краткое содержание

Алдин возвращается во дворец. Он говорит с императором Валиором. Валиор рассказывает о своём плане. Он хочет использовать Маху для борьбы с калькианцами. Алдин не согласен с этим планом, но он не показывает своих чувств. Он возвращается на ферму Киры. Они с Кирой берут Маху на космический корабль. Они отправляются на планету калькианцев. Они говорят с императором калькианцев. Они предлагают вернуть Маху, но император калькианцев должен согласиться на мир. Они договариваются. Не будет больше воин.

Словарь

истина *truth*
грустно *sad*
кабинет *office*
запрещено *to be banned*
приказ *order*
ударить (ударил) (perf.) *to hit*
убираться (убирайтесь) (imperf.) *to clear off, to get out*
этаж *floor*
усталый *tired*
глупый *stupid*
откровенно *openly*
вовлекать (imperf.) *to involve*
идти в разрез (imperf.) *to contradict*
одобрить (одобрил) (perf.) *to approve*
участвовать (участвовал) (imperf.) *to take part*
причинять/причинить вред (imperf./perf.) *to harm*

рассуждение *reasoning*
переговоры *talks*
рассмеяться (рассмеялся) (perf.) *to burst laughing*
смех *laughter*
отвращение *revulsion*
отдыхать (imperf.) *to rest*
запутаться (запуталась) (perf.) *to get confused*
терять (imperf.) *to lose*
охранник *guard*
жаль (f.) *pity*
предупреждение *warning*

Вопросы к тексту

Выберите один ответ на каждый вопрос

11) **Алдин уезжает с фермы и едет ___.**

    a. в ресторан

    b. в капсулу

    c. во дворец

    d. к себе

12) **Алдин понимает, что император Валиор ___.**

    a. не говорил ему правду

    b. хочет мира

    c. всегда говорит правду

    d. друг императора калькианцев

13) **Алдин планирует ___.**

    a. вернуть ребёнка

    b. остаться с ребёнком

    c. убить ребёнка

    d. ничего не делать

14) Маха сердится, потому что хочет ___.

    a. ехать домой

    b. остаться на Земле

    c. поговорить с родителями

    d. ехать в столицу к императору Валиору

15) Когда Алдин говорит с императором калькианцев, он просит ___.

    a. денег

    b. мира

    c. работы

    d. шанса остаться на планете калькианцев

Ответы

Безумные пельмени: *Глава 1:* 1) a, 2) b, 3) d, 4) c, 5) b; *Глава 2:* 6) d, 7) b, 8) b, 9) a, 10) c; *Глава 3:* 11) b, 12) c, 13) d, 14) d, 15) b; *Глава 4:* 16) c, 17) d, 18) a, 19) c, 20) a

Чудовище: *Глава 1:* 1) b, 2) a, 3) d, 4) d, 5) b; *Глава 2:* 6) b, 7) d, 8) c, 9) a, 10) b; *Глава 3:* 11) c, 12) a, 13) d, 14) a, 15) c

Рыцарь: *Глава 1:* 1) b, 2) b, 3) d, 4) c, 5) b; *Глава 2:* 6) a, 7) a, 8) b, 9) c, 10) d; *Глава 3:* 11) c, 12) b, 13) c, 14) c, 15) a

Часы: *Глава 1:* 1) a, 2) c, 3) d, 4) c, 5) b; *Глава 2:* 6) a, 7) c, 8) a, 9) b, 10) b; *Глава 3:* 11) c, 12) b, 13) b, 14) d, 15) b

Сундук: *Глава 1:* 1) c, 2) b, 3) a, 4) d, 5) c; *Глава 2:* 6) a, 7) a, 8) b, 9) a, 10) d; *Глава 3:* 11) b, 12) c, 13) d, 14) b, 15) b

Неизвестная земля: *Глава 1:* 1) b, 2) a, 3) d, 4) c, 5) d; *Глава 2:* 6) c, 7) b, 8) d, 9) a, 10) d; *Глава 3:* 11) c, 12) c, 13) a, 14) c, 15) b

Женщина-невидимка: *Глава 1:* 1) a, 2) b, 3) c, 4) d, 5) c; *Глава 2:* 6) d, 7) c, 8) c, 9) b, 10) a; *Глава 3:* 11) d, 12) b, 13) b, 14) a, 15) b

Капсула: *Глава 1:* 1) c, 2) b, 3) b, 4) d, 5) a; *Глава 2:* 6) b, 7) a, 8) d, 9) c, 10) b; *Глава 3:* 11) c, 12) a, 13) a, 14) b, 15) b

Russian-English Glossary

А

атаман (m.) *ataman, Cossack chief*

Б

безумный *crazy*
беспокоиться (беспокоился) (imperf.) *to worry*
битва (f.) *battle*
биться (билось) (imperf.) *to beat*
благодарить (благодарю) (imperf.) *to thank*
благополучие *well-being, prosperity*
благополучно *safely*
богатый *rich*
бок (m.) *side*
борода (f.) *beard*
бродить (бродил) (imperf.) *to wander, to roam*

В

в отличие от *unlike*
Ваше Величество *Your Majesty*
Ваше Императорское Величество *Your Imperial Highness*
вглубь *deep into*
весело *fun*
весло (n.) *oar*
вечер (m.) *evening*
вздохнуть (вздохнул) (perf.) *to sigh*
взлетать (взлетает) (imperf.) *to take off*

включаться (включается) (imperf.) *to switch on*
вкус (m.) *taste*
внутрь/внутри *inside (direction)/ inside (location)*
вовлекать (imperf.) *to involve*
водитель (m.) *driver*
воевать (воевали) (imperf.) *to fight*
вождь (m.) *chief*
возбуждение (n.) *excitement*
воин (m.) *fighter, warrior*
волноваться (волнуйся) (imperf.) *to worry*
волосатый *hairy*
волшебный *magic*
воровать (imperf.) *to steal*
воспользоваться (perf.) *to make the most of*
воспользоваться случаем (perf.) *to take a chance*
враг (m.) *enemy*
временно *temporary*
встречать (встречает) (imperf.) *to meet*
вступать (imperf.) *to enter into*
вход запрещён *no way in*
выдавать (не выдавай!) (imperf.) *to give away*
выиграть (perf.) *to win*
выключать (imperf.) *to switch off*
вынуть (вынул) (perf.) *to take out*
выполнять (выполнял) долг *to carry out duty*
выращивать (imperf.) *to grow*
выскочить (выскочило) (perf.) *to break through*
выставка (f.) *exhibition*
выть (выло) (imperf.) *to howl*
вычерпать (вычерпали) (perf.) *to scoop out*

Г

гасить (гашу) свет (imperf.) *to switch off the lights*

глупый *stupid*

глушить (глушит) мотор (imperf.) *to switch off the engine*

голодный *hungry*

гора (f.) *mountain*

гореть (горел) (imperf.) *to burn, to be on (light)*

горожанин (m.) *rural citizen*

господин (m.) *sir*

грести (гребите) (imperf.) *to row*

громко *loudly*

груз (m.) *cargo*

грузовик (m.) *truck*

грустно *sadly*

грустный *sad*

грязный *dirty*

гудок (m.) (pl. гудки) *beep, signal, dial tone*

гулять *to go for a walk*

Д

двигаться (движется) (imperf.) *to move*

дворец (m.) *palace*

деревянный *wooden*

детство (n.) *childhood*

дикий *wild*

длиться (длилось) (imperf.) *to last*

Добро пожаловать *Welcome*

доверять (доверяла) (imperf.) *to trust*

догнать (догоним) (perf.) *to catch up with*

договориться (договорились) (perf.) *to agree*

доказательство (n.) *proof, evidence*

Донской казак (m.) *Don Cossack*
доставать (достаю) (imperf.) *to take out*
дотронуться (дотронулись) (perf.) *to touch*
душ (m.) *shower*

Е
естественно *naturally*

Ж
жаль (f.) *pity*
жарить/пожарить (imperf./perf.) *to grill, to barbecue*
женщина-невидимка (f.) *invisible woman*
животное (n.) *animal*
житель (m.) *inhabitant*
жрец (m.) *priest*

З
за пределами *beyond*
за штурвал *to the helm (direction)*
забираться (imperf.) *to climb in*
забит людьми *full of people*
заботиться (заботились) (imperf.) *to look after*
зависеть (зависели) (imperf.) *to depend*
завладеть (perf.) *to capture, to own*
заводиться (заводится) (imperf.) *to start (a vehicle)*
завязать разговор (perf.) *to start up a conversation*
завязаться (perf.) *to ensue (a battle)*
задавать вопрос (imperf.) *to ask a question*
задержать (perf.) *to hold back*
задний *rear*

задрожать (задрожали) (perf.) *to start shaking*

задуматься (задумалась) (perf.) *to get deep into thoughts*

зажечь (зажгла) (perf.) *to switch on, to light up*

заказ (m.) *order*

заказать (закажу) (perf.) *to order*

закричать (закричал) (perf.) *to give a shout*

закрывать (закрывает) (imperf.) *to close*

замок (m.) castle

замок (m.) *lock, padlock*

замолкать (замолкаю) (imperf.) *to go quiet*

занят *busy*

запас (m.) *supply*

заплатить (заплатил) (perf.) *to pay*

заполучить (perf.) *to get*

запомнить (запомните) (perf.) *to remember, to memorize*

запрещено *to be banned*

запутаться (запуталась) (perf.) *to get confused*

запущенный *neglected*

зарабатывать (imperf.) *to earn*

зарплата (f.) *pay, salary*

заряжаться/зарядиться (imperf./perf.) *to charge*

зарядное устройство (n.) *charger*

засмеяться (засмеялась) (perf.) *to laugh, to burst laughing*

заснуть (заснула) (perf.) *to fall asleep*

заснять (засняли) (perf.) *to record*

заставлять/заставить (заставили) (imperf./perf.) *to make, to cause, to force*

застенчивый *shy*

засыпать (засыпаю) (imperf.) *to fall asleep*
защищать (защищал) (imperf.) *to protect*
заявить (заявил) (perf.) *to announce*
звонить (звоним) (imperf.) *to ring*
зелье (n.) *potion*
землянин (m.) *Earthling*
знак (m.) *sign*
зуб (m.) *tooth*

И
идти в разрез (imperf.) *to contradict*
избрать (избрали) (perf.) *to elect*
измениться (изменились) (perf.) *to change*
исполниться (исполнилось) (pert.) *to turn
    (particular age)*
испуг (m.) *fright*
испугать (perf.) *to frighten*
испугаться (испугалась) (perf.) *to get scared, to be
    frightened*
исследователь (m.) *explorer*
исследовать (imperf.) *to explore*
истина (f.) *truth*
источник (m.) *spring*
истощение (n.) *exhaustion*
исходить (исходил) (imperf.) *to come from*
исчезновение (n.) *disappearance*
исчезнуть (исчезла) (perf.) *to disappear, to vanish*

К
кабинет (m.) *office*
калькианец (m.) *Kalkian*
камера наблюдения (f.) *security camera*

капля (f.) *drop*
карий *chestnut brown*
карта (f.) *map*
Каспийское море (n.) *Caspian Sea*
кивнуть (кивнул) (perf.) *to nod*
ключ (m.) *key*
кое-что *something*
кольцо (n.) *ring*
конкурирующий *rival*
кончиться (кончилась) (perf.) *to run out*
кончиться (кончился) заряд (perf.) *to run out of charge*
корабль (m.) *ship*
коробочка (f.) *little box*
королевство (n.) *kingdom*
космический корабль (m.) *spaceship*
костёр (m.) *bonfire*
крепко *affectionately*
крестьянин (m.) *peasant*
крик (m.) *shout*
кричать/крикнуть (крикнул) (imperf./perf.) *to give a shout, to shout*
кузов (m.) *bodywork*
кулон (m.) *pendant*

Л
лгать (лжёт) (imperf.) *to lie*
летающий *flying*
лететь (летим) (imperf.) *to fly*
лодка (f.) *boat*
лошадь (f.) *horse*
любезный *friendly*

М

мантия (f.) *robe*
мастерская (f.) *workshop*
махать (машут) (imperf.) to wave
медведь (m.) *bear*
меняться/измениться (imperf./perf.) to change
мечтать (imperf.) *to dream*
мешать (imperf.) *to disturb*
мешок (m.) *sack*
мигать (мигая) (imperf.) *to blink*
миролюбивый *peaceful*
могущественный *powerful, mighty*
молчание (n.) *silence*
монета (f.) *coin*
мост (m.) *bridge*
мука (f.) *flour*

Н

на борту *on board (a ship)*
набирать (набираю) (imperf.) *to dial*
наваждение (n.) *delusion*
наделать (наделал) (perf.) *to do (something wrong)*
надеяться (надеялся) (imperf.) *to hope*
надпись (f.) *caption, heading, slogan*
накопить (накопили) (perf.) *to save up*
налог (m.) *tax*
направляться (imperf.) *to set off*
напрокат *on hire*
напуган *scared*
Не за что! *You're welcome!*
невероятно *unbelievable*
невозможно *not possible*

недоверие *suspicion*
недоверчиво *suspiciously*
неловко *awkwardly*
нетерпение (n.) *impatience*
нечто (n.) *something*
новости *news*

О

обернуться (обернулась) (perf.) *to turn round*
облако (n.) *cloud*
обмануть (обманул) (perf.) *to deceive*
обмен (m.) *exchange*
обнимать (обнимают) (imperf.) *to hug*
обозначен *marked*
обойти (обошла) (perf.) *to walk round*
обратиться (обратилась) (perf.) *to turn to*
обращать внимание (imperf.) *to pay attention*
обсуждать (обсуждали) (imperf.) *to discuss*
обучить (обучил) (perf.) *to teach*
общаться (imperf.) *to mix, to socialize*
оглядеться (огляделся) (perf.) *to look round*
ограбленный *robbed*
одет *dressed*
одеться (оденусь) (perf.) *to get dressed*
одинаковый *same*
одобрить (одобрил) (perf.) *to approve*
оживлённый *lively*
озабочен *concerned*
окрестность (f.) *surrounding*
опасность (f.) *danger*
опасный *dangerous*
опекун (m.) *guardian*

осмотреть (осмотрели) (perf.) *to explore*

остановка (f.) *bus stop*

осторожно *carefully*

осторожный *careful*

отбиваться (imperf.) *to struggle*

отвращение (n.) *revulsion*

отдел (m.) *department*

отдыхать/отдохнуть (imperf./perf.) *to relax, to get some rest, to rest*

отечественный *native, home, domestic, local*

откровенно *openly*

отложить (отложил) (perf.) *to put aside*

отправляться/отправиться (отправился) (imperf./perf.) *to set off*

отпуск (m.) *vacation*

отпускать/отпустить (отпусти) (imperf./perf.) to let go

отреагировать (отреагировал) (perf.) *to react*

отремонтировать (отремонтируем) (perf.) *to repair*

официант (m.) *waiter*

официантка (f.) *waitress*

охота (f.) *hunt*

охранник (m.) *guard*

П

падение (n.) *fall*

палата (f.) *chamber*

пельмени *Russian dumplings*

пельменная *Russian dumpling restaurant*

пергаментный свиток (m.) *scroll of parchment*

переговоры (pl.) *talks*

переживать (imperf.) *to worry, to be concerned*
перекусить (perf.) *to have a snack*
перемениться (переменилось) (perf.) *to change completely*
переносить (переносили) (imperf.) *to carry across, to transport*
персидский флот (m.) *Persian Navy*
пешком *by foot*
пещера (f.) *cave*
питаться (imperf.) *to be fed*
плакать (imperf.) *to cry*
платить (платит) (imperf.) *to pay*
платок (m.) *kerchief, handkerchief, headscarf*
поблагодарить (perf.) *to thank*
повезти (повезло) (perf.) *to be lucky*
повториться (perf.) *to happen again, to repeat itself*
погаснуть (погас) (perf.) *to go out (of light), to fade*
погибнуть (погиб) (perf.) *to perish, to die, to be killed, to get killed*
погулять (perf.) *to go for a stroll, walk*
подарок (m.) *present, gift*
поддержание (n.) *maintenance*
подержать (perf.) *to hold for a little bit*
поднимать (поднимали) (imperf.) *to raise*
подниматься (поднимаемся) (imperf.) *to go up*
подножие (n.) *the bottom of a mountain*
подозревать (imperf.) *to suspect, to be suspicious about*
подозрительно *suspiciously*
подслушивать (imperf.) *to eavesdrop*
подчинённый (m.) *subordinate, crew member*

подъезд (m.) *entrance hall, block*
поездка (f.) *trip*
поесть (perf.) *to have a bite*
пожилая женщина (f.) *elderly woman*
позвонить (позвонил) (perf.) *to give a call*
познакомиться (познакомились) (perf.) *to meet,
   to get to know*
поиски *search*
покинуть (покинула) (perf.) *to leave*
поклоняться (поклонялись) (imperf.) *to pray*
покрытый *covered*
покрытый пылью *covered in dust*
пологий *flat, low*
помахать (помахал) (perf.) *to wave*
помолиться (помолились) (perf.) *to say a prayer*
помощник (m.) *assistant*
понестись (perf.) *to rush*
поплыть (perf.) *to sail*
пополнение (n.) *refill*
по-прежнему *as before, still*
попробовать (perf.) *to taste, to try*
попрощаться (попрощалась) (perf.) *to say goodbye*
попытаться (попытаешься) (perf.) *to try*
посланник (m.) *messenger, delegate*
посылать/послать (послал) (imperf./perf.) *to send*
построенный *built*
построить (построили) (perf.) *to build*
поступок (m.) *deed, act*
потемневший *darkened*
потеряться (потерялась) (perf.) to get lost
потрясён *shocked*
потухший *faded*

поцеловать (поцеловал) (perf.) *to kiss*

пошелохнуться (perf.) *to move*

правильный *correct*

праздновать (праздновали) (imperf.) *to celebrate*

превратиться (превратилась) (perf.) *to turn into*

предотвратить (perf.) *to prevent*

предполётный *pre-flight*

предупреждение (n.) *warning*

предчувствие (n.) *premonition*

прибавка (f.) *salary raise*

приближаться/приблизиться (imperf./perf.)
  to approach, to move closer

прибор (m.) *tool, apparatus*

прибывать (imperf.) *to rise (water)*

прибыль (f.) *profit*

приветливый *welcoming, friendly*

приветствовать (приветствуем) (imperf.) *to greet*

привыкнуть (привык) (perf.) *to get used to*

пригодиться (пригодятся) (perf.) *to be useful*

придумать (perf.) *to think up*

приёмный ребёнок (m.) *adopted child*

призвать (призвали) *to conscribe*

приземлиться (приземлилась) (perf.) *to land*

приказ (m.) *order*

приключение (n.) *adventure*

прикосновение (n.) *touch*

прилететь (прилетел) (perf.) *to fly in (into)*

примерить (примерила) (perf.) *to try on*

прислать (прислали) (perf.) *to send*

прислушиваться (прислушивались) (imperf.) *to
  listen, to heed*

пристань (f.) *dock*

причалить (perf.) *to moor*
причинять/причинить (imperf./perf.) вред *to harm*
приятный *nice, pleasant*
проверить (perf.) *to check on*
прогулка (f.) *walk, hike*
продажа (f.) *sale*
продавать/продать (imperf./perf.) *to sell*
продвигаться (продвигается) (imperf.) *to progress, to move,*
продолжить (продолжила) (perf.) *to continue*
проигрывать/проиграть (imperf./perf.) *to lose*
прокатиться (прокатимся) (perf.) *to go for a ride*
проклятый *cursed*
прокормить (perf.) *to feed*
пропасть (пропала) (perf.) *to go missing*
пропустить (perf.) *to let pass*
проснуться (проснулась) (perf.) *to wake up*
простить (простит) (perf.) *to forgive*
прохожий (m.) *passer-by*
процветать (процветало) (imperf.) *to flourish*
прощаться (прощались) (imperf.) *to say goodbye*
прыгнуть (прыгнул) (perf.) *to jump*
прятаться (прячется) (imperf.) *to hide oneself*
птица (f.) *bird*
путешествовать (путешествовал) (imperf.) *to travel, to journey*
пушка (f.) *cannon*

Р
разбитый *broken*
разбудить (разбудил) (perf.) *to wake someone up*

разгрузить (perf.) *to unload*
разделиться (perf.) *to split up*
размять ноги (perf.) *to stretch (one's) legs*
разрешение (n.) *permission*
разрушить (разрушил) (perf.) *to destroy*
расположенный *located*
рассвет (m.) *sunrise*
рассмеяться (рассмеялся) (perf.) *to burst laughing*
расстояние (n.) *distance*
рассуждение (n.) *reasoning*
расчёт (m.) *calculations*
расширять (imperf.) *to widen, to expand*
редкий *rare*
родиться (родился) (perf.) *to be born*
родственник (m.) *relative*
руль (m.) *steering wheel*
рушиться (рушились) (imperf.) *to break*
рыцарь (m.) *knight*

С

С Днём Рождения! *Happy Birthday!*
С уважением *Yours sincerely*
с ума сойти (сошёл) (perf.) *to lose one's mind, to go
mad*
садовник (m.) *gardener*
сбиться (сбились) (perf.) *to lose one's way, to
deviate*
сверху *from above*
светиться (светился) (imperf.) *to shine*
свеча (f.) *candle*
свойство (n.) *property*
сгущаться (сгущался) (imperf.) *to thicken*

сделать (сделали) (perf.) *to make*

секретность (f.) *secrecy*

сельский *agricultural*

сердито *angrily*

сердиться (сердился) (imperf.) *to become angry, to get angry*

скамейка (f.) *bench*

скромно *modestly*

сладость (f.) *sweet treat*

след (m.) *trace, footprint*

сломанный *broken*

сломаться (сломается) (perf.) *to break*

служить благому делу (imperf.) *to be for the best*

смена (f.) *shift*

смех (m.) *laughter*

смеяться (смеётся) (imperf.) *to laugh*

смутиться (смутилась) (perf.) *to be embarrassed*

смущать (imperf.) *to embarrass*

собрание (n.) *meeting*

соврать (соврал) (perf.) *to lie, to tell a lie*

созвать (созвал) (perf.) *to call, to convene*

сокровище (n.) *treasure*

солнцезащитные очки *sunglasses*

сомневаться (сомневается) (imperf.) *to doubt*

сообщение (n.) *message*

сопровождать (сопровождали) (imperf.) *to accompany*

составляющая (f.) *ingredient*

сохранить (perf.) *to keep, to maintain*

спокойно *calmly*

спокойствие (n.) *calm, peace, quietness*

справедливый *just*

спрятать (спрятал) (perf.) *to put away*

спустя *later, after*

сражаться (сражался) (imperf.) *to fight*

сражение (n.) *fight, battle*

ссориться/ поссориться (ссорились) (imperf./perf.)
   to argue

сталкиваться (сталкиваемся) (imperf.) *to run into,
   to be faced with*

старомодный *old-fashioned*

столица (f.) *capital*

страдать (страдал) (imperf.) *to suffer*

стражник (m.) *guard*

стрелять (стреляли) (imperf.) *to fire*

стыдно *ashamed*

стянуть (стянул) (perf.) *to pull off*

сумасшедший *crazy*

сундук (m.) *chest, box, casket*

схватить (схватил) (perf.) *to grip*, to grab

счастлив *happy*

Счастливого пути! *Have a safe journey! Safe
   journey!*

Т

таинственный *secret*

терпеливый *patient*

терять (imperf.) *to lose*

терять терпение (imperf.) *to lose patience*

тесто (n.) *dough*

тишина (f.) *peace and quiet*

товар (m.) *product*

толкнуть (толкнул) (perf.) *to push*

толпа (f.) *crowd*

торговец (m.) *trader*
тратить (imperf.) *to spend, to waste*
тревожно *uneasily*
тропинка (f.) *path*
трубка (f.) *receiver*

У
убежать (убежала) (perf.) *to run away*
убираться (убирайтесь) (imperf.) *to clear off, to get out*
уважать (уважал) (imperf.) *to respect*
уверенный *sure*
угостить (perf.) *to treat*
ударить (ударил) (perf.) *to hit*
удивительно *amazingly*
удивиться (удивился) (perf.) *to be surprised, to get surprised*
удивление *surprise*
удивлённый *surprised*
удивляться (удивляется) (imperf.) *to be surprised*
узы *bonds*
украсть (украли) (perf.) *to steal*
улыбка (f.) *smile*
улыбнуться (улыбнулись) (perf.) *to smile*
уничтожить (perf.) *to destroy*
упасть (упал) (perf.) *to fall*
управлять (imperf.) *to manage, to rule, to control*
урожай (m.) *crop*
усердно *diligently*
успокоить (успокоил) (perf.) *to calm, to comfort*
успокоиться (успокоилась) (perf.) *to calm down*
усталый *tired*

устать (устанешь/устану) (perf.) *to become tired, to get tired*
ухаживать (imperf.) *to look after*
участвовать (участвовал) (imperf.) *to take part*

Ф
фонарик (m.) *torch*

Х
храниться (хранится) (imperf.) *to keep*

Ц
ценный *valuable*
цепочка *necklace*
цифра (f.) *number, digit*

Ч
часовщик (m.) *watchmaker*
чемодан (m.) *suitcase*
чертёж (m.) *drawing, sketch*
Честное слово! *Honestly!*
честный *honest*
чинить (чинил) (imperf.) *to repair*
чиновник (m.) *civil servant*
что угодно *anything*
чудовище (n.) *monster*

Ш
шарик (m.) *small ball*
шашлык (m.) *kebab*
шёпот (m.) *whisper*
шпион (m.) *spy*

шум (m.) *noise*
шуметь (imperf.) *to make noise*
шутка (f.) *joke*

Щ
щекотание (n.) *tickling*

Э
этаж (m.) *floor, story*

Я
ядовитое растение (n.) *poisonous plant*
ядро (n.) *cannon ball*

Acknowledgements

If my strength is in the ideas, my weakness is in the execution. I owe a huge debt of gratitude to the many people who have helped me take these books past the finish line.

Firstly, I'm grateful to Aitor, Matt, Connie, Angela and Maria for their contributions to the books in their original incarnation. To Richard and Alex for their support in expanding the series into new languages.

Secondly, to the thousands of supporters of my website and podcast, *I Will Teach You A Language*, who have not only purchased books but who have also provided helpful feedback and inspired me to continue.

More recently, to Sarah, the Publishing Director for the *Teach Yourself* series, for her vision for this collaboration and unwavering positivity in bringing the project to fruition.

To Rebecca, almost certainly the best editor in the world, for bringing a staggering level of expertise and good humour to the project, and to Karyn and Melissa, for their work in coordinating publication behind the scenes.

My thanks to James, Dave and Sarah for helping *I Will Teach You A Language* continue to grow, even when my attention has been elsewhere.

To my parents, for an education that equipped me for such an endeavour.

Lastly, to JJ and EJ. This is for you.

Olly Richards

Notes

Use *Teach Yourself Foreign Language Graded Readers* in the Classroom

The *Teach Yourself Foreign Language Graded Readers* are great for self-study, but they can also be used in the classroom or with a tutor. If you're interested in using these stories with your students, please contact us at learningsolutions@teachyourself.com for discounted educational sales and ideas for teaching with the stories.

Bonus Story

As a special thank you for investing in this copy, we would like to offer you a bonus story – completely free!

Download the Readers app and enter **bonus4u** to claim your free Bonus Story.

Дракон Ферг

Дракон заметил стрелу. Он посмотрел вниз, после чего он приземлился рядом с людьми. – МАКСИМ...? – спросил дракон.